「あ、あ、だめ……」
恥ずかしいのに、力はとうに抜けて彼の手なんて拒めない。
背を抱いている腕に優しさを感じるせいだろうか。
「そのまま、俺を感じて」

「好きじゃない」が口癖の超ツンデレ王太子に激甘溺愛されました

～本心がわかる薬と思ったら媚薬だなんて!!～

百門一新

Vanilla文庫

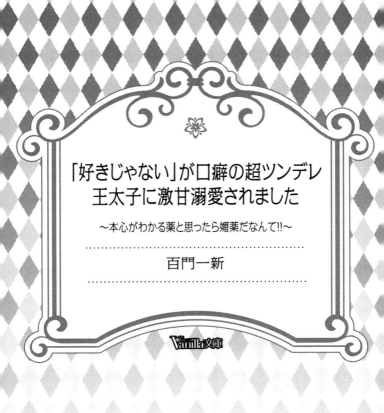

「好きじゃない」が口癖の超ツンデレ王太子に激甘溺愛されました
本心がわかる薬と思ったら媚薬だなんて!!

CONTENTS

イラスト／三夏

プロローグ

その日は、彼女の十八歳の誕生日だった。

クラート公爵家の長女、アンジュ・クラート。翡翠《ひすい》色の瞳は美しい母のそれと同じで誇りだが、髪色はありきたりな茶色だ。ふわふわと広がるのが、自分では少しだけ子供っぽいかもしれないと悩んでいる。

本日、彼女はクロイツリフ王国で定められた成人を迎えた。

クラート公爵家では前年度以上に、そうして春の祝賀会よりもたくさんの花飾りが施され、円卓や椅子にまで飾り付けがされている。

広いフロアでは、着飾った貴族達が自分達の順番を待ってアンジュに贈り物をしていく。

「美しいブラウンの御髪《おぐし》に似合うものを持ってきましたわ」

「ありがとうございます」

「まるで妖精のように美しいです」

誰もが褒めていって、アンジュは笑顔がつらくなってくる。

毎年身に染みて思う、誕生日の褒める伝統。外交でも一目置かれているクラート公爵家の令嬢とあって、社交辞令が丁寧すぎるのだろう。

（私の髪は普通だし、皆様のほうがお綺麗《きれい》よ……）

一人ずつに必ず容姿を褒められると、アンジュは恥ずかしさで逃げ出したい気持ちがあったが、祝いの好意を無下《むげ》にするなんて失礼なことはできない。

『こんなことで逃げ出すなんて、妃《おきさき》教育を受けている身で絶対にしないように』

贈り物を移動してくれる兄と両親からの圧も、すごい。

成人儀礼みたいなものなのだ。こらえて椅子に座り続けている。そうして成人も兼ねたお祝いで誰もがアンジュを褒め、笑顔で贈り物をしていったのだが――。

「君のことは別に好きじゃない」

最後の到着とともに注目を集めた美丈夫が、そう告げて会場をぎこちない空気にさせた。

それはどの女性もうっとりと吐息をこぼす絶世の美貌に、アンジュが羨《うらや》むほどの淡く美しい見事な金髪をしている男性だ。知性を宿したブルーの瞳は気高さもあり、彼の大人としての男性感を強めた。

彼がアンジュに差し出しているのは、小さなプレゼントの箱だ。

片手でそれを差し出す姿さえ絵になっている。とはいえ主役の彼女に彼が開口一番で告げた台詞《せりふ》に、周りはざわついていた。

（まぁ……相変わらず困ったお人ね……）

それでもアンジュは、やはり憎めない笑みを困った顔に浮かべただけだった。

公爵令嬢であるアンジュには、幼馴染《おさななじ》みとして育った王子様がいた。それが目の前にいる彼、このクロイツリフ王国の王太子ブライアス・クロイツォルフだ。

彼と出会ったのはアンジュが五歳の時だった。

誕生日が終わってほどなく、両親や国王の側近達という偉い大人達ばかりが集まった場で引き合わされた。

付き合いは、実に今年の春で十三年を超える。

わざわざ誕生日会へ足を運んでくれているが――二人は婚約などしていない。先日卒業した学校でも、アンジュは『王子様の友人』として有名だった。

（友人、というのは畏れ多い話なのだけれど）

他にうまい説明のしようがないから、アンジュは事情を知らない者に言われるたびに微《ほほ》笑《え》みで誤魔化《ごまか》してきた。

『別に好きじゃない』

その言葉もまた、昔からブライアスに聞かされ続けているものだ。

とはいえ、いつもなら聞き流してしまうところなのだが、今夜は少しタイミングが悪い。

（どうしましょ……）

会場の空気が微妙に重たい沈黙も漂わせているのは、みんなが『もうこれは確実にだめか』と残念な結果を目撃した心境であるから――なのだろう。

実のところ、アンジュが幼い頃にブライアスと引き合わされ、それから共に王宮で勉強して今日まで交流が絶えずにいたのも、『結婚させるのはどうか』と話が上がっていたからだ。

「受け取らないのか？　君の好きなものが入ってるかもしれないぞ」

目の前でブライアスの眉間《みけん》の皺《しわ》が深まる。

出会って十三年、十五歳だった彼があの頃からアンジュに見せていた不愛想で不服そうな表情は、今も変わらない。

（大人になって、今はもうずっと仏頂面というわけではないのだけれど）

それもまた、アンジュが婚約者候補なんて学友達も微塵《みじん》にも思っていない原因だった。

社交で見られるブライアスの微笑みは、大人の男性としての魅力と美しさからも女性だけでなく、男性にもファンを作った。

政務に当たっている際の目はとても知的でいて、思慮深さも宿る。

身にまとっている落ち着きは年上の女性達でさえ夢中にさせ、彼の姿絵も大人気だと聞く。

何かあった時に自身も戦うと剣の腕を磨き、今や軍人として指揮する腕だ。

姿も美しいうえ、男らしい強さも秘めた王太子と評判だ。

「どうした？」

「あ、いえ」

アンジュにのみ、不服そうな表情を隠しもしないだけで。

「ありがとうございます、受け取ります」

微笑み、ひとまず誕生日の恒例行事を終わらせるべく、彼が差し出した贈り物を両手で受け取る。

それを手元で見下ろした時、不意にしゅんとした気持ちが込み上げた。

（これで、最後になるのね）

不思議だけど一度も誕生日会を欠席したことはなかった。

彼にしてみれば両親達から行かされて面倒に思っていただろうけど、アンジュは実のところ、毎年ブライアスが来るのを楽しみにしていた。

出会った年からずっと続いて、彼の顔を見て毎年アンジュは年齢を重ねた。

そうして適当に選んだとは思えないくらい、彼は毎年素敵な贈り物をくれて――。

（でもこれ以上、そんなことはさせられないわよね）

偉い大人達が時間もかけて取り組んできた大掛かりな縁談だったが、二人の間には彼らが望むような愛や好意は育たなかった。

国王達が望んでいるのは、恋愛結婚だった。

愛のない政略結婚で政治もままならなくなってしまった歴史があり、ブライアスの結婚については『彼が望む女性と』とされた。

王太子になるための厳しい長年の勉強、なってからの数年はアンジュの家である公爵家の力も借りて、力関係の構築など努力に努力を重ねていたブライアス。

アンジュとしても、仕事として割り切る結婚を彼には押しつけたくない。

(せめて、夫婦としている間だけでも、彼には安らぎを)

それはアンジュが与えられないものだ。

だから今夜で最後にすると彼女は覚悟を決めた。長い間、彼の花嫁候補として座っていた椅子から下りる。

「軽いから何が入っているのか不思議なのだろう?」

じっと箱を見つめていたら、そう取られたみたいだ。

「そう、ですね。プレゼントがやけに軽いような……?」

持ち上げて、確認してみると確かにこれまでの中で一番軽い。

「今年は君も成人だ。それに相応《ふさわ》しい贈り物を考えた。この会が終わってからの楽しみにするといい」

今日の最後に自分を思い出して、と勘ぐってしまうような社交辞令がさらりと出てアンジュはどきりとする。

（ううん、動揺してはだめよ）

彼は二十八歳だ。愛敬《あいきょう》を振りまく人ではないが、落ち着いた大人の紳士としての柔らかな物腰はパーティー会場で女性達の視線を集めた。

社交用の笑みや声掛けすら、自分には向けられなかった。

国王達に言われて付き合いが続いていることに、彼は余程辟易《へきえき》しているのだろうとは察せた。

もう時間切れだ。言わなければ。

アンジュは贈り物の小箱を抱えて立ち上がる。

迎えたこの時を前にして、自分がひどく緊張しているのを感じた。

心の中で深呼吸をして、向き合ったブライアスに優美に微笑みを返す。そうして片手でスカートをつまんで頭を下げた。

「毎年素敵なプレゼントを本当にありがとうございます。最後の、いい思い出になると思います」

見守っていた両親や兄、人々が息をのむのが分かった。

しん、とした静けさが耳に、そして胸に痛い。

費やされた年月を思えば申し訳なさすぎたが、もうここにいる誰もが分かっていることだ。ブライアスのためにも終わらせなければ。

「待て。……最後？」

「はい」

アンジュは顔を上げ、どうにか寂しい気持ちが出ませんようにと祈りながら控えめな微笑を浮かべた。

「私も成人いたしました。そろそろどこかに嫁がなくてはいけません。嫁いだらもうここでの誕生日会はありませんから……ここでできた友人と離れるのもつらいことではありますが。ですから殿下と過ごせる誕生日も、これが最後かと」

遠回しで、終わりを告げた。

ブライアスは目を見開き、珍しく固まっていた。

「社交界で私の夫となった人と会えた際には、また仲良くしてくださると嬉《うれ》しいです」

彼に、別に好きではないと伝え続けられた十三年だった。

それでも毎年、イベント事も共に過ごしてくれて、少なからず友情は育めたことをアンジュは期待した。

今の関係から解放されたら、せめて幼馴染みとしてよき友好を――。

と、不意にブライアスが片方にかかっていたマントを握り、背を向けた。

「あっ……」

彼が出ていくのを人々も気にして見送った。アンジュも、ブライアスのどんどん離れていってしまう背を見ているしかなかった。

（十三年も彼に面倒な付き合いをさせておいて、おこがましい願いだったのかも……）

毎年の誕生日会、月に二回の定期的な茶会は現在まで続いていた。

律儀な王子様だった。もう少年ではないので自分の意思でファーストダンスの相手くらい決めても構わない。

大勢の女性達が彼に憧れているのに、彼は十三年経《た》った今でもアンジュと一番目に踊った。アンジュが参加できない大人の夜会では『彼女と踊る前には誰とも踊れない』なんて言ったとか。

思えば、先日あった学校の卒業パーティーもそうだった。

公務が入っていると聞いていたから誘わなかったのに、ブライアスはダンスの時間に突入してきて、周りを驚かせた。

『君のダンスの相手は、俺だろう』

彼はアンジュの手を取ると、ダンスの時間が終わるまでずっと相手をしてくれた。

社交の場ではないのだから、必要ないのにとアンジュは思った。でも結局、そんなことを言わずに彼と踊り続けた。

たとえ彼の理由が義務的なものであったとしても、アンジュは昔から彼と踊るのは楽しかったから。

(──踊っていると彼と心が近くなったみたいに感じたの)

きっと彼のことだから、国王や公爵家に言われて顔を立てただけだろう。

でもアンジュは卒業パーティーという人生の節目に、彼が自分とだけ踊ってくれたのが、驕《おご》ってしまいそうになるほど嬉しかったのだ。

それくらいに彼は魅力的だったから。

「さ、皆様、引き続きお楽しみください。今日という日に皆様と話せることが、私もとても嬉しいのです」

アンジュは思い知った寂しさを笑顔で押さえ込み、人々に声をかけた。

せっかくの誕生日で、成人祝いだ。会場内には次第に人々の声が戻り、誰もが先程のことを口にしなかった。

(私のことをどう思っていたのか、……結局聞くことは叶《かな》わなかったわね)

彼には愛になる可能性を否定され続けてきた十三年だったが、それでも彼と過ごした時間には積み重なった何かがあると感じていた。

幼馴染みとは思ってくれていたのか、それとも面倒な年下の女の子だったのか──。

ブライアスとの最後の会話は、アンジュの心残りとなった。

一章

その翌日、窓の向こうがすっかり明るくなってから目が覚めた。

昨日は成人祝いということで、夜遅くまで続いた。あまり得意ではない酒を『元気を出せ』という感じで飲まされ、日付が変わるまで喋《しゃべ》ることになって疲れ、くたくたになって自室に戻ったあとから記憶がない。

「お嬢様、おはようございます。頭痛などはございますか？」

「いえ、大丈夫よ、レナ。お母様達は？」

「まだお休みされております。大丈夫です、お寝坊ではございませんよ」

ずっと自分付きだったレナの安心させる笑顔に、アンジュは少しだけ恥ずかしくなる。

「お嬢様、どうぞお家では楽にされてください」

「予定も入っていない日ですわ。寝坊だなんて、誰も言いません」

世話の用品を持って入室してきた他のメイド達もそう言ったが、王太子妃になったら人々から見られる立場になる。

常に気を引き締めていたので、学校が終わったとはいえゆっくりとした生活をするのには抵抗がある。

「それで、プレゼントは開けてみました？」

「あっ」

うっかり忘れていた。ベッドに腰かけたアンジュの脚を拭き始めたレナが、「あら」と意外そうな顔をする。

「昨夜、一人でまずは見るとおっしゃっていませんでしたか？」

「そ、そうだったわね。でも、その、疲れてしまって」

寝落ちする前の記憶が戻ってきた。毎年、ブライアスのプレゼントだけは寝る前に開けると決めていた。

だが、最後のお別れが残念な結果になってしまって胸が苦しかった。

レナが枕元に置いてくれたが、そこから顔を背けて間もなく眠りに落ちてしまったのだ。

「お嬢様、昨日はああおっしゃっていましたが――」

「いいえ、気にしていないわ。彼とは無理だったの」

不機嫌な顔ばかり向けられているのを見て、周りのみんなだって察していたことだろう。

レナが小さく吐息をもらす。

身支度の準備を進めている別のメイドが、枕元に置かれたままだったプレゼントをアンジュの手元まで運んだ。

（彼もきっと最後のプレゼントに、と考えていたはず……）

メイド達の手前、溜息《ためいき》なんてこぼしてはいけないと自分に言い聞かせ、アンジュは箱の可愛《かわい》らしいリボンを解く。

「――あら？」

箱の蓋《ふた》を開け、中身を見て疑問符が頭にいっぱい浮かんだ。

それはダイヤモンドの宝石を線にかたどった美しいネックレスだった。中央のペンダントトップには、ブライアスの瞳を思わせる大きなブルーの宝石がある。

成人になった特別な贈り物、というに相応しいものだった。

まさに大人の女性のドレスを着てパーティーに出席するのに似合うものだ。アンジュはとてつもない嬉しさを感じた。

とはいえ、ただの付き合いでもらうにはあまりに高価すぎる。

「こんな高価なもの……受け取れないわよね」

「え」

脚を拭き終わったレナが固まった。

「ほら、私達の関係はもう終わったでしょう？」

確認すると、メイド達が揃《そろ》って息をのむ。

「で、ですが、お嬢様、紳士からの贈り物は……」

「受け取るのが礼節なのは分かっているわ。返すのはプライドを傷つけるのは分かるのだけれど高価な宝石なんて……どうしたらいいかしら？」

「絶っっっ対に、返してはいけませんっ」

レナ達が見事に声を揃えた。

（さすがにお礼の手紙くらいは書いたほうがいいかしら？）

返却案はなしとするにして、昨日関係の終わりを告げただけに、アンジュにはそこもハードルが高かった。

悶々《もんもん》と考えている間に、レナが急ぎの用を思い出したみたいに「少しおそばを離れます」と言って、いったん部屋を出ていった。

リビングルームへと下りた。ゆっくり食事が始まるのだろうと思っていたら、あと一時間はいつも寝ている兄が、ジャケットを羽織りながら階下に下りてきた。

「どうされましたの？」

「いや、完全に諦めているのはまずいから――ああ、なんでもない、その、あれだ、急用を思い出して」

兄は珍しくしどろもどろで、両親を起こすのは申し訳ないのでパッと行って終わらせてくると言い、付き人を連れて慌ただしく外出していくのをアンジュは見送った。

◇◆◇

花嫁候補のアンジュ・クラート公爵令嬢が、とうとう成人の十八歳を迎えた。

彼女は王太子であるブライアスの妻にと、五歳からゆるやかに妃教育が始まったことでも注目を集めていた令嬢だ。

愛らしさに溢《あふ》れた彼女は、驚くほど年々美しくなっていった。

十代前半からは容姿にも聡明《そうめい》さが加わり、外見だけではなく実際にそうで、成人の数年前からは年上の女性達も舌を巻くレディになっていた。

公爵家と共に育ててきたといっても過言ではない王宮も、成人になるのを待ち望んでいた。とうとう二人は結ばれるはず――と。

だが、その思惑はややずれた。

アンジュの誕生日から一夜明けたその日、王宮にある王太子の執務室には、どんよりとした空気が漂っていた。

本来業務がもう行われている時間のはずだったが、まだ開始されていない。組んだ手に額を押し当て、ぴくりとも動かなくなってしまった珍しいブライアスに部下達も戸惑いを隠せず、急ぎ第二王子が呼ばれることになった。

「……ええと、兄上？　まさか振られたのですか？　嘘《うそ》でしょ？」

「やめろ。まだ振られてはいない」

ブライアスは、やって来てそう告げた弟を軽く睨《にら》む。

三歳年下の、第二王子セスティオ・クロイツォルフ。二十五歳の、母譲りの優しげな眼《まな》
差《ざ》しをした美しい男だ。父である国王譲りの明るいブラウンの髪をし、同じブルーの目は
ブライアスと違って愛想しか感じない。

「…………王都を去る前に一番目の別れを告げられた男にはなったと思うが」

「どうしてそんなことに？」

「アンジュは俺の結婚相手に寄越《よこ》されたことは知っているんだよな？」

「もちろんですよ」

「彼女は、……」

ブライアスはぐっと息を止めたが、結局はこらえきれず溜息を浅くこぼした。

「……別の者の婚約者になって王都を出ることになる、と考えているらしい」

「は？」

第二王子が、あんぐりとした表情を浮かべた。それは室内や廊下から見守っている臣下
や部下達も同じだ。

「いったいどういうことです？　なぜ、彼女が別の誰かに嫁ぐことになるのですか」

「お前の気持ちはよく分かる。彼女に寂しそうな顔で微笑みかけられて、……俺も、生きた心地がしなかった」

まるで、さよなら、と遠回しに最後の言葉を告げられた気がした。思い返し、つい人前だというのに考え込んでしまったほどだ。

(最後にするなんて、冗談じゃない)

ブライアスは、他の誰かに彼女を譲る気は毛頭なかった。

それを想像するだけで心の中が荒れた。

とはいえ、彼自身、アンジュがあんな勘違いをしたのも思い当たる節がある。

「はぁ……自分の素直になれなかった部分が、初めて憎くなった」

深々と息を吐きながら片手に顔を押しつけた。察したセスティオが「ああ」と遠い目をして頷《うなず》く。

ブライアスは今から十三年前、五歳だったアンジュと引き合わされた。

『殿下、あなた様の花嫁としてどうかと考えまして。本日お会いできますよ』

十五歳だった彼は、花嫁候補なんて興味がなかった。剣術の訓練で身体を動かすことのほうの興味が勝っていた。

しかも十歳も年下だ。顔だけ見て戻ろうと思った。

しかし、アンジュに会ってすぐ、そんな彼の印象は一変する。

現れた女の子は愛らしかった。彼が知る令嬢達と違い、両親に背を押される形で、その後ろからそろりと姿を現した。

そうして彼女は、自分の話を聞いてくれ、ではなく『あなたの話を聞きたいのです』と控えめに尋ねてきた。

そんなゆったりとした空気に触れたのは、初めての経験だった。

初めて共に過ごした日、ブライアスは、顔も熱くて心臓がうるさいという初めての経験をした。

『彼女が俺の……未来の花嫁……妻に……』

悪くない、と思った。

大人になったら彼女と結婚できる未来に希望を抱いた。

過ごしていく中で、アンジュのまとう空気にもどんどん惹《ひ》かれていった。少し抜けているところ、まだ幼いのに頑張ってレディらしくいようと努力する姿を、ブライアスは愛らしいと感じるようになった。

とはいえ、相手は十歳も年下の女の子だ。

出会った時、アンジュはたったの五歳。その一方でブライアスは、身長もぐんぐんと伸びて、思春期真っただ中の十五歳だった。

『次の国王がロリコンと言われてしまわないか？』

十五歳の自分が大人のレディに向けるみたいな態度を取ってしまったら、と王太子の立場からも悩み込んでしまったのが、すべての始まりだった。

『は、花をやろう。――別に君のことは好きではないから勘違いするな』

今思えば、なんとも子供じみたことだ。

好意があるとバレバレなのに、反抗期のようなブライアスの態度を見て、両親も周りも呆《あき》れ返《かえ》っていた。

だが、仕方がない。

彼が二十歳になった時には、アンジュはようやく十歳になったばかり。

でも可愛くて、愛《いと》おしくて、誕生日には贈り物をしたり、何もなくても王宮で勉強をしている彼女の様子を見たくて身体は動いた。

体裁《ていさい》をたもつ『別に好きではない』を呪文のような盾にして。

ブライアスは気付けば自分の未来の花嫁候補、アンジュに夢中だった。レディになるまで成長していく姿をそばで見られることで、両親達の目論《もくろ》み通り彼女に特別すぎる愛情を抱くようになっていた。

彼は、アンジュが大人になるのが楽しみで待ち遠しかった。

よこしまな気持ちを抱いてしまうたび、彼女に失望されたくなくて、顰《しか》め面《つら》ではぐらかした。

——早く社交デビューをして、彼女の手を自然に取ってもいい日がきますように。

二十歳の誕生日、祝ってくれた小さくて愛らしいアンジュを前に、ブライアスは願掛けのように心から祈った。

成人、年齢差、そして王太子という立場。それを気にすると同時に、まだ十代に入ったばかりのアンジュを特別に構い倒し、最上級のレディ扱いしたくてたまらない気持ちで葛藤し続けた五年だった。

大勢の女性に囲まれるのは好きではなかったが、普通の男ならそれを一種のステータスにするものだと言われれば、こらえるしかなかった。

同時に、ふと、一抹の淡い期待を抱いたのも確かだ。

アンジュもそろそろ思春期を迎える。嫉妬してこちらにこないだろうか、と。

だが、いつまで経ってもアンジュは反応してくれなかった。

部下をやって聞き出させたら、大人達だけだから遠慮したというのを聞いてショックを受けた。

(そうか、彼女にとってまだまだ俺との年齢差を感じる年頃なのか……)

ブライアスには意外な盲点でもあった。

女性に優しい男はモテるそうだ。それならいつか彼女は、自分の社交姿に年頃の女の子としての目を向けてくれないだろうか？

そうして嫉妬でもしてくれたら――。

「というかロリコン疑惑って、兄上はばかなんですか？」

聞こえてきた弟の声が、ブライアスを現実に呼び戻した。

「兄に向かってばかはないだろう」

「ばかですよ。そして、あなたのそれは、ツンの典型的な態度です」

王太子という肩書きを背負う責任感の強さで確かに少しは、と思うものの、ブライアスはつい『そもそもツンとは』と少し考えてしまう。

「……お前、妻の小説好きに影響されたんじゃないか？」

セスティオの妻になったキャサリーゼ嬢。たまに食事や休憩の席を共にした際、彼女が興奮して喋っている内容がブライアスはほぼ理解できなくなる時がある。

「とにかく、使い物にならなくなったとしたら王太子の威信に関わります。ですから兄上には執務と、これからあるベイリーザ国との軍事会議期間もしっかり務められてくださるようお願いします」

セスティオが、そう言ったところで溜息をもらして付け加えた。

「今の兄上は、痛々しくて見ていられません」

「う、む。それはいかんな」

「黙って帰られたくらいです。今会いに行っても、どうせショックで何も言えないでしょうから兄上は大人しくしていてくださいね」

的確な助言に思え、ブライアスは苦い気持ちで弟の言葉を受け入れる。

「軍事の公務はあなた以上にできる者はいない。それに今日は〝あの件〟も情報共有できた話し合われるのでしょう?」

「……そうだ」

それは、何者にも代わりがきかない。

「アンジュ嬢の兄には感謝ですね。急ぎ伝えてきてくれて助かりました。僕は時間がありますから、直接アンジュ嬢の考えを探ってみます。彼女が諦めてしまっていたとしたら厄介ですし、誰か強力な助《すけ》っ人《と》も探してみます」

ブライアスは、そう告げて執務室を後にした弟の背に何も言えなかった。

◇◆◇

誕生日の翌日、ブライアスからのネックレスをどうしたらいいのか悩み、ひとまず箱に綺麗に戻してしまったあとだった。

午後のゆっくりとした時間、アンジュは嬉しい知らせを受けた。

いそいそと外出の支度をして離宮へと足を運んだ。

「酔ったりしなかった？」

「私は、酔《よ》い潰《つぶ》れるまで飲みませんわ」

離宮へと上がったアンジュは、微笑みかけ、目の前の三人に一礼をする。

「セスティオ殿下、本日はお招きいただきましてありがとうございます」

そこにいたのは、離宮で新婚生活を始めている二十五歳の第二王子、セスティオ・クロイツォルフと、その妻キャサリーゼだ。

アンジュも昔から彼らと仲良くさせてもらっていた。

キャサリーゼとは学校で二学年上の先輩後輩関係でもあり、結婚してからなかなか子ができなくて寂しい思いをしている彼女の悩みに寄り添ってもいる。

「さっ、堅苦しい挨拶はそこまでにしよう」

セスティオが言って片手で示す。そこには外交から戻ってきて、国王に報告をしたばかりだという伯父のダグラスの姿もあった。

「伯父様！　お会いできて嬉しいです」

「成人おめでとう、アンジュ。私も誕生日の翌日にお前に会えて嬉しいよ」

ダグラスが両手を広げ、飛び込んできたアンジュを抱き留めてくれた。

彼は外交で国内外を忙しく飛び回っている。クラート公爵家の事業は右肩上がりであり、それでいて王家から外交の腕も信頼されて指名を受けたダグラスは、ここ数年とんと会える回数が減っていた。

セスティオは彼が来ることを知って、予定よりも早く誕生日会後のお茶にと招いてくれたのだ。

「セスティオ殿下、ありがとうございます。素敵なプレゼントになりました」

「喜んでいただけて嬉しいよ。誕生日会は、王家代表で兄上が行くことになっていてね。祝いに行けなくてすまない」

「いいえ、王家が揃っていらっしゃるのは難しいとは分かっていますから」

「いや、そもそも兄上が――なんでもない」

「美味《おい》しい菓子をティアーヌ夫人からいただいたの。いただきましょ？」

肘でセスティオをつついたキャサリーゼが、早速どうぞとアンジュ達を円卓席へと促した。

彼女の同級生であるティアーヌ夫人が安定期に入ったという近況から、楽しいお茶が始まった。

ダグラスはセスティオが設けてくれた機会を無駄にしないと言わんばかりに、会えないでいた期間についてアンジュに話し聞かせてくれた。

これから王都に戻ってきた挨拶やらで忙しくなるみたいだ。夫婦共に落ち着いたら、弟のところでゆっくり食事する予定を立てているのだという。

「でもなアンジュ、誕生日の翌日だというのに他に予定がないなどと……娘はそうではなかったけどなぁ」

ダグラスは心配がる。成人した娘にはぱーっと楽しんでもらいたい、というのが風潮にあるせいだろう。

「ふふ、私がそう望んだのです。父を悪く言わないでくださいませね」

弟の家へ先に行こうかどうしようかと独り言を述べていたダグラスが、合間に口にした紅茶で少し咽《む》せる。セスティオとキャサリーゼがくすくす笑っていた。

「お前は本当に素晴らしいレディになったな。ここ数年は頭が上がらんよ」

「気のせいでしょう」

「いいえ、アンジュは大人びているわ。成人したのに落ち着いているもの」

キャサリーゼは感心しきりだ。

たいていの令嬢達は、成人を迎えると浮かれる。それは結婚までの間の自由を謳歌《おうか》できる期間だからだ。大人だけの夜会にも出席できるし、度数の高いお酒だって飲めるようになるし、門限もない——。

そこに、アンジュはあまり魅力を感じたことがない。

だが、自分が浮かれられない理由の一つは、昨日のブライアスのことなのは感じていた。

(——伯父様に、話さないと)

自分から終わりを告げ、国王達や両親達が続けてきたことに終止符を打った。

でも、なんと話せばいい？

アンジュは悩む。それに、先に詫《わ》びるべき相手もいる。

「……あの、セスティオ殿下、すでにお噂《うわさ》は聞き及んでいると存じますが……誕生日会では実に申し訳ございませんでした」

楽しいお茶の空気を壊してしまうのは申し訳ないが、新たな話題が出そうにないのを見てアンジュは詫びた。

「噂とは？」

ダグラスが、菓子に手を伸ばした姿勢のまま目を向けてくる。

彼は、到着したばかりで知らないのだろう。

アンジュが成人した日に、二人の結婚話はなくなってしまった。もしかしたら婚約するかもしれないと推測していた者も多くいたので、ここから少し歩いた先の王宮ではその噂で持ち切りに違いない。

「アンジュ、君は気にしなくてもいい」

「いいえ殿下。思えば私の配慮が足りませんでした」

アンジュはハッと察して立ち上がった。

「王宮を騒がせてしまっていますよね。ごめんなさい。私が王太子殿下の婚約者候補から脱落したのは事実であると説明に――」

「それは待った！　そうされるとさすがにまずいっ」

身を翻そうとした途端、手を強く摑《つか》まれ、セスティオの初めて聞く大声にもアンジュは驚いた。

振り返ると、彼が『しまった』という顔をする。

アンジュから手を離した彼を、キャサリーゼが心配そうに見つめていた。

「えーと、そう案じる必要はまだない。王宮は今日も落ち着いている」

「噂になっていないのですか？　ですが昨日、私はブライアス様に、もうこれで最後にしていいと遠回しで伝えましたが」

セスティオがなぜか片手を顔に当てて上を向いた。

「その件は……あー、陛下の案件だ。君は動かないほうがいい」

「あっ、そうでしたね、申し訳ございません……」

アンジュは恥ずかしくなって椅子に腰を下ろす。

そう思いつかないほど心が乱れている。この終わりは誕生日が近付いている時から想像していたことだが、ブライアス自身の言葉を一言も聞けなかった出来事は、自分で思っていた以上にダメージになっているらしい。

（呼び留めて、最後にどう思っているのか聞きたかった――）

去っていった彼の後ろ姿を思い返し、また胸がちくんと締め付けられる。

「何やら昨日は大変だったようだな、アンジュ」

ダグラスの声に、ハタとして顔を上げた。

「はい、伯父様へご報告が遅れてしまってごめんなさい」

「うむ。まぁだいたいのところは分かった。ちょうどいいプレゼントがあるんだ。今のお前にぴったりのものだと思う」

まるで知っていたかのように混乱もなく言い、彼は自分の侍従に合図をして鞄《かばん》を持ってこさせる。

「プレゼント？」

「そう、土産で買ってきたものだ」

鞄の中を探ったダグラスが、にーっこりと笑って手招きする。

「ほら、手を出してごらん」

優しい声に促されてその通りにすると、アンジュの両手の上にコロンと綺麗なガラス瓶が置かれた。

「まぁ、素敵ですわね。香水ですか？」

「これはね、私が外国で手に入れた、本心が聞ける薬だよ」

「えっ、本心⁉」

セスティオがバッとダグラスを見る。見守っていたキャサリーゼが、持っていたティーカップに少し咽せてメイドが慌てて走り世話をした。

アンジュはそちらが気になったものの、ダグラスの続く言葉に惹かれた。

「ブライアス殿下とはずっと一緒だっただろう。最後に、彼の心を知りたくないか？」

「彼の、心……」

まるで昨日のこともすべて知っているみたいに問われて、心が揺れた。

本心が聞ける。そんな魔法みたいな薬へ視線を落とす。

(私のこと嫌いではなかったですよね？　私のことどうお思いですか……？)

――知りたい。

ブライアスとは長らく一緒に過ごしたが、パーティーで過ごしていてもあまり視線が合わなくて、顰め面でそっぽを向かれた。

けれど毎年誕生日は来てくれて、王宮での妃教育にも顔を出して――。

せめて最後に『君のことは好きではない』という言葉に含まれた、彼自身の言葉が聞きたい。

面倒だとか、嫌いだとか思われていないことに安心したいのだ。

彼のためになるよう、努力してきた十三年だったから。

（ああ、そうだったのね。私こそが彼を嫌いではなくて――私は、ブライアス様と結婚しないことが残念だったんだわ）

幼い頃からそばに置いておけば愛情が――。

まんまとそうなってしまったのは王太子ではなく、どうやらアンジュのほうだったらしい。せめて最後に彼の本音を聞きたい。

「……伯父様、これは健康に害などは？」

「健康にはまったく支障はない。保証するよ」

それなら、と思ってアンジュは小瓶を握って手に収めた。

別の誰かに嫁ぐ前に、この心残りのような苦しさを終わらせようと思った。恋になる前に綺麗に終わらせる。

「使ってくれるようでよかったよ。そうだ、このことは誰にも言ってはいけないよ？　もちろん私の弟である君の父にもだ、約束できるね？　これは外国でしか手に入らない特別なものだからね」

内緒話をするように顔を寄せてきたダグラスに、アンジュはこくりと頷く。

どうしてもブライアスの心が知りたかった。

魔法のような薬があるのなら、飛びついてしまうくらい。

セスティオが何かとても質問したそうにしていたが、結局はお茶が終わるまで小瓶の話題が出てくることはなかった。

◇◆◇

せめて最後に『別に好きじゃない』以外の言葉を聞きたい。

そう思いアンジュは帰る前、セスティオに渡してくれるよう頼んで『会いたいので待ち合わせできないか』とブライアスへ手紙を書いた。

帰宅して、少し休んでいると返事がきた。

その早さにも驚いたが、アンジュは返答の内容にも「えっ」と声が出た。

ブライアスは、明日の午後すぐに時間を作ってくれるそうだ。その決定も彼女が想定していたよりかなり早い。

物事が急速に進んでいるような感覚に心が落ち着かなかった。

夜、寝室からメイド達が出ていき、ようやくベッドで一人の時間が訪れたところでざわめく気持ちが鎮まった。

そうすると、考える余裕が生まれる。

「……本音が聞ける魔法みたいな、薬……」

アンジュは寝返りを打つと、胸元に忍ばせていたダグラスからもらった小瓶を取り出して、改めてじっくり眺めた。

そこには濃いピンクの液体が入っていて、揺らすと美しい色合いを見せる。

(薬を使って本心を聞き出すなんて、ずるいかしら……)

最初で最後とはいえ、ただの腐れ縁で付き合ってくれていたとしたら今度こそ嫌われてしまわないだろうか。

ふと想像し、アンジュは心配でたまらなくなった。

使うか、使わないか、彼女は改めて考えさせられてしばらく眠れなかった。


けれど悩んでいても朝は訪れる。

気付いた時にはレナに起床の声掛けをされていて、アンジュは自分の胸元に再び収まっていた小瓶を確認してほっとし、それから自分の寝つきのよさには呆《あき》れた。

アンジュが悩んでいる間にも屋敷内では、滞りなく日程がこなされる。

そうして昼食を終えたのち、とうとう外出のための身支度を整えられた。

「お嬢様が殿下にお会いしたいというのは、珍しいですね。ふふふ、この前のネックレスのお礼ですか？」

馬車に乗り込む前、レナは主人に対してこんな憶測言ってすみませんと詫びつつ、我慢できなかったみたいに笑いかけきた。その言葉でようやくお礼の手紙のことが置き去りになっていたと思い出した。

目的は、違う。アンジュは苦笑いしかできなかった。

(そうね、ネックレスのお礼を言うためにも行くほうがいいわよね……)

これまでと同じく、アンジュはお付きのメイドであるレナを連れて公爵家の馬車で王宮へと向かった。

到着して下車すると、いつものように護衛騎士が待っていた。

待ち合わせは、用がある際いつもブライアスと落ち合っていた、王太子の執務室近くにある控室だ。

「しばしこちらでお待ちください」

案内した護衛騎士に促され、足を踏み入れた途端にアンジュは緊張がどっと高まった。

もう、来ることはないだろうと思っていた部屋。ここで誕生日会以来初めてブライアスと向き合う。

(薬で聞き出して、嫌われたら?)

もし、正気に戻った彼に『恥を知れ』と咎《とが》められたら。

その光景を想像したら、アンジュはもうだめだった。

「レ、レナ、少し話があるの」

「はい、なんでしょう?」

ソファに導いたレナが、座る直前に振り向いたアンジュに不思議がる。

「実は私、魔法みたいな薬を持っているの」

「……はい？」

「本心が聞ける薬だと昨日ダグラス伯父様に外国のお土産をいただいたのよ」

するとレナが、察した顔で額に手を当てた。

「またダグラス様ですか……」

秘密だと言われていたのにひどいことをしているだろう。アンジュは罪悪感でさらに焦りも増し、追って言葉を続ける。

「急ぎ意見を聞きたいわ。薬で本心を聞き出したら、心底嫌われてしまうかしら？」

「ああ、それで朝からそわそわされておいでだったのですね……しかしお嬢様、いえ、純真なところもお嬢様の美点でございますから」

レナが悩ましげにうーんと考える間を置く。

「レナ？」

「あ、いえ、そもそもその薬が効くか効かないかの保証はないかと。そう心配なさることではないのでは？」

「伯父様が持っていらしたから、きっと効果はあるものだと思うわ」

「いえ、ただの果実水を緊張がなくなる薬だと飲ませたお人ですよ……」

アンジュは聞いていなかった。ドレスの胸元の膨らみの間に手を突っ込み、そこからごそごそと小瓶を取り出す。

「お嬢様、そんなところに隠しておられたのですか？」

「秘密だと言われたもの。持っていることを知られないようにしなくてはと思って」

「ああ、それで昨夜は自分で着たいと――……ん？　お待ちください」

小瓶を一度見たレナが、二度見で目をカッと見開いたうえ、アンジュが持っていたそれをまじまじと注視した。

「どうしたの？」

「……ダ、ダグラス様、これはさすがに……」

「見たことがある薬だったりするの？」

「ええと、ピンクの色合いがとても濃く、それでいて澄んで綺麗なのは外国産の高品質なもので……その、媚薬《びやく》なんです」

「なんですって？」

「ですから、それは媚薬です」

聞き間違いかと思って確認したら、レナが小瓶を指差し、かなり言いづらそうに目の下を染めて断言した。

アンジュは小瓶をうっかり落としそうになった。

レナが慌てて支えようとして、アンジュはハッとして自分の侍女から小瓶を遠ざける。

「危ないわっ、これは私が責任をもってどうにかするから」

「え？　お嬢様、もしかして媚薬の使い方をよくご存じない――」

「とにかく今回の計画はなしよ、至急誰かに手紙を持たせましょう。まずは手紙を書く道具をお借りしてきてっ」

ひとまずこれは使えない。

ブライアスに、呼び出しはなかったことにと伝えなくては。

アンジュはかなり動揺していた。その慌てぶりが移ったみたいにレナが外にいた警備に声をかけ、手紙を書くための一式を持って来させた。

「馬車のところで落ち合いましょう」

大急ぎでブライアスへの言伝《ことづて》を書いたのち、アンジュは廊下に出てレナにそう告げた。

「手紙は、彼に届けられる誰かに渡してね」

「かしこまりました」

手紙を抱えたレナは何か言いたそうにしていたものの、アンジュの不安を落ち着けるように廊下の反対方向へと駆けて行った。

これでひとまず問題解決だ。

アンジュは逃げるようにその場から離れた。胸の間に隠し持った媚薬を、服の上から押さえて駆けるように歩く。

手に触れている胸元が、不安でどくどく鼓動しているのを感じた。

(帰るまでに言い訳を考えないと。屋敷に着いたら正式な詫びを書いて、それからこの媚薬をどうするか考えて――)

余計にブライアスを怒らせてしまうかもしれない。

呼び出しておいて失礼だが、こんな危険なものを持って彼に会うほうがだめだ。

(そもそもどうして媚薬なんて持たせたの?)

アンジュも、媚薬の存在は社交界で令嬢達からたびたび聞いていた。

普段の〝夜〟を、とても特別なものにする『すごい薬』なのだとか。

結婚もしておらず、夜遊びもしていないアンジュには、持っていても大変困る代物だ。

(こっそり処分したいけど家族に知られるわけにはいかないし……)

どうしよう。大変困った。いったいどうしたら、と悩みで頭までがんがんしてきた時だった。

「アンジュ!」

背後から聞こえた強い声に、アンジュの心臓がはねた。

ビクッとした拍子に、胸の谷間から小瓶が顔を出す。慌てて押し込み直した直後、後ろから片手を掴まれてハッとした。

ぐんっと引っ張られて、後ろへと身体を向かされる。

「どこへ行くつもりだ？」

視界に現れたのは淡い金髪。続いて、美しいブライアスの顔だった。初めて見る息を切らした様子に、アンジュは驚きとともに狼狽《ろうばい》する。

「ど、どうしてこちらへ」

「君の侍女から聞いたからだ」

途中でレナに会ったようだ。待ち合わせ時間よりも早く行くつもりだったので、すれ違ったのか。

（それで一目散に駆けてきた？）

まさかとアンジュは思い直す。

そんなの自分が知るブライアスらしくない。彼が駆けて向かうなんてイメージになく、彼の強い視線にも動揺した。

「私は、本日はいいですと言伝を持たせましたのに――あっ」

視線を逃がした瞬間、彼が腕を引いた。

ハッと視線を上げたアンジュは、覗《のぞ》き込《こ》む彼の顔の近さに息をのむ。

「勉強でも相談一つしなかった君からの呼び出しだ。何か話があったんだろう？　だから今の時間をどうにか空けたのに、急になしとはどういうことだ？」

どうやら彼は自分と会うため時間を空けてくれたみたいだと分かって、そこにもアンジュは驚いた。

彼は騎士としても優秀で軍関係も見ており、持っている仕事も多い。

そんな彼がアンジュの話を聞くためだけに時間を空けてくれたのは嬉しいが、正直今の状況では大変困る。

「あ、あの、本当になんでもないのです。ですから」

いったん態勢を立て直したい。

そう思って辞退を申し出ようとしたアンジュは、それを察知したみたいなブライアスに素早く腰を引き寄せられた。

「変更を余儀なくされた旨について、聞きたいな」

見下ろすブライアスの目は鋭く、アンジュは凍り付く。

声が出ないでいると彼がアンジュの片手を逃がさないと言わんばかりに強く握り、腰に腕を回したまますぐそこの部屋へと入った。

こんなに強引なエスコートは初めてで、驚く。

彼がすぐに扉を閉め直した。連れ込まれた際、アンジュは自分の胸が揺れて小瓶がまたしても動くのを感じ、背筋が冷えた。

彼に見られでもしたらアウトだ。位置を押し込み直したいと思ったが、ブライアスに肩を摑まれて向き合わされてしまう。

アンジュは咄嗟《とっさ》に、取り返した手を胸元で握って押しつけた。

引きつった笑顔を浮かべ後ずさると、ブライアスの視線の厳しさが増す。

「なぜ俺を警戒する」

「別に警戒しては……男女の距離感をきちんと取ろうと」

「君は今まで、俺が相手なら気にしなかっただろう」

確かにそうだ。周りがブライアスとくっつけようとしたせいで、婚約していないのに同伴もエスコートもいつも彼だった。

でも今は、上から見えてしまう可能性が高いから無理だ。

(まさか『本心が聞ける薬』が、媚薬だったなんて)

ブライアスは長身だ。

下手したら見えるのではないだろうかとアンジュは焦る。小瓶を胸の谷間に詰め直したい、もしくはこの状況の早い回避だ。

「もしかして俺に相談したいことがあったのではないか？」

「いえ、本当になんでもないのです」

早くこの会話を終わらせたい。アンジュは胸元に握った手を置いたまま、苦しい作り笑顔をする。

今は本当に、話せることなど何もないのだ。

すぐそこにある扉を見る。そうしたら遮るようにブライアスが立った。

「たとえば……誕生日会にいた令息に、結婚の提案を持ちかけられたとか」

「え？」

「相談相手というのなら、俺は適任だろう」

予測していなかった問い掛けにアンジュは呆《ほう》ける。

気のせいか、ブライアスは怖い——というよりは、ぶすっとした表情を浮かべているように感じる。

「いえ、断りづらい家だからといってブライアス様にそんなことは相談しませんわ」

「とすると昨日、離宮から帰る際に誰かに縁談の話でも受けたのか？」

「は、あの、いいえ？」

「それとも誰かと話をまとめようと考え、俺に別れでも言いに来たか」

ぐいぐい来られ、アンジュはそのたび後ずさる必要があった。

（ど、どうされたのかしら、なんだかブライアス様がおかしいわ）

話を聞いてくれている感じがしない。気のせいでなければこの距離感も含め、何やら別れ話になった恋人みたいになっていないだろうか。

そもそも、近寄られたら困るのだ。

少々気が抜けてしまったアンジュだったが、小瓶を見られないためにもここは一度で収めることを考えた。

「あの、ほんとに、何もないのです。急用を思い出したので、ブライアス様には申し訳なく思いつつ、本日はもう帰ろうかと」

「なるほど、相手は王宮に勤めている男なのか。俺と待ち合わせていたのにわざわざ君を探して接触してきた？」

極端な発想に開いた口が塞《ふさ》がらない。

そんな積極的な男性、残念ながらアンジュの周りにはいない。

(だってみんな、――あなたと私が結婚すると思っていたから)

ずきりと胸が痛んだ。そうなるかならないかと考えた時、ささやかにも二人が夫婦になった未来を想像したことはあった。

そのためにそばに置かれているのだから、想像しない日があるはずもない。

十三年経ってもアンジュが、ブライアスにそういう対象だと見られなかっただけ。彼の妻には選ばれない。

「……違います、ただ、今は都合が少々悪くて」

部屋に二人きり、胸元には媚薬。状況はよくない。

アンジュは深呼吸をして、今自分がするべき目的を思い出す。

ブライアスの安全のためにも早々にここから出なければならない。胸元に置き続けていた手をぎゅっと握る。

「俺が目の前にいるのに、気もそぞろだな」

扉を横目で確認していたアンジュは、声にハッとした時には、背に回った手に引き寄せられていた。

「君は、嘘が昔から下手だ」

どうして近付いたのと動揺した次の瞬間、どこか怒ったみたいな声で言った彼があろうことかアンジュの手をどかし、胸元に手を突っ込んだ。

羞恥と驚きのあまり、アンジュは声も出なかった。

そこから摑んだものを引っ張り出したブライアスが、小瓶を見て訝《いぶか》しむ。

「……手紙ではなかったな?」

「な、なんてところに手を入れるのですか!」

「いや、てっきり今日会う約束をした者からの手紙を咄嗟にそこに隠したのかと思っていたんだが」

アンジュの真っ赤な顔での非難も構わず、彼は小瓶を見て首を捻《ひね》っている。

「咄嗟にそんなところへ隠したりしません」

「大きくなったら便利だとか言って、そこに都合の悪い贈り物を押し込んでいたのは誰だ？」

振り返ってみると、確かに子供時代にそんなことがあった気もする。

ドレスが社交界に出られる少女向けになった時、大人のブライアスにエスコートされるのが恥ずかしくて、妙な強がりをしたような――。

（私、子供だったわ。彼が私をまだ子供扱いしているのも分かったかも……）

彼が意識していないのは痛感したが、これは恥ずかしすぎる。

触られた。胸の谷間を、異性であるブライアスに。

アンジュはどう反応していいのか分からなくて葛藤していたが、ハッと思い出して慌ててブライアスを確認する。

「どうした？」

ブライアスが、小瓶を片手に持ったまま顔を顰める。

（き、気付いてはいないみたい）

そこにまずはほっとしたが、アンジュは彼が見て媚薬と気付かないのは意外だった。

ブライアスは十歳年上の二十八歳。

女性達との経験だって豊富だろうと思っていたのだが――彼は、まったく遊んでこなかった？

（いえ、まさか）

とにもかくにも媚薬をどうにかしないといけない。

今、ブライアスが媚薬を持っているのが問題なのだ。何かあって中身の液体がもれてしまったらどうするのだ。

「……えーと、殿方からの手紙ではないとは分かってくださいましたよね？　ですので、それをお返しくださ い」

つま先立ちをして手を伸ばしたら、ブライアスがアンジュの手をかわしてひょいっと高く上げた。

「ブライアス様っ」

「珍しいな、随分慌てる代物らしいな？　それとも、これが贈り物か？」

アンジュはぎくりとして、伸ばした手をぎこちなく引っ込めていく。

「い、いえ、それは……私のものです……」

思わず視線が泳いだ。

ダグラスから、なんて白状して、彼に何か言われてしまったら大変だ。

彼は一年半もいなかったので、二人がてっきり将来を誓い合った仲だと思ったかもしれないし。

「ふっ――やはり君は嘘が下手だ」

笑う吐息にハッと視線を上げると、ブライアスの口角が上がっていた。皮肉めいた笑みにアンジュは気が引き締まる。

「う、嘘ではございません」

「嘘とは、もっと上手に吐くものだ。日頃からしている俺とは違う」

「ブライアス様は何か嘘を吐かなくてはいけないことでもあったのですか？」

ずっと一緒にいたが、アンジュは彼がそんな悩みを抱いている姿は見ていない。社交上での笑みや話術は『嘘吐《うそつ》き』とは違うだろう。

彼が初めて余裕そうな表情を崩した。

だがアンジュがきょとんと見つめると、頭を振って小瓶を寄せてきた。

彼女はぎくんっとして身を竦《すく》める。

「これが君のものだと仮定しよう。それで、いったい何に使う気でいたのか吐いてもらおうか？」

「つ、使うだなんて」

「香水だとしたら贈り物とも取れる」

「ですから、そんなことは――あっ、だめです、どうかお振りにならないでっ」

危ないので彼から取り返そうと慌ててつま先立ちになり、必死に手を伸ばしたらブライアスからぴくっと振動が伝わってきた。

アンジュはその時になって、自分から彼にくっついている姿勢になっていることに気付いた。

こちらを見下ろしているブライアスは、閉じている口に力を入れ、端整な顔は少し赤くなっているような――。

(ブライアス様……まさか照れていらっしゃるの?)

まさか、とアンジュはまた自分の中で浮かんだ可能性を否定した。

彼は大勢の美女にこの距離で迫られていた。きっと気のせいだ。そんなことより媚薬を取り返そう。

「それではお返しください」

彼が止まっている今だと思って手を動かしたら、ブライアスがハタと我に返ったみたいに小瓶をアンジュの届かない位置に上げる。

「これは、本当になんなんだ?」

「そ、それは……」

「教えないと返さない。もしくは誰にもらった?」

「くれた人のことは絶対に言えませんっ。――あ」

ブライアスの目がすぅっと細められる。

これは、確信されてしまった。アンジュは冷や汗を浮かべて口をつぐむ。

「アンジュ、そろそろ白状したらどうだ? これが君を困らせているのなら、俺が解決してやる」

その提案には心が揺れた。

処分に困っているので大変助かる。でも自分が媚薬を持っていたとブライアスに教えることを想像しただけで、顔から火が出そうになった。

「……ブ、ブライアス様、ごめんなさいそれは言えません……」

みるみるうちに真っ赤になってアンジュは視線を落とす。

「まさか」

そんな呟《つぶや》きが聞こえてぎくんっとしたアンジュは、視線を戻したところで、小瓶の蓋を開けようとしているブライアスに驚いた。

「だめですっ」

「蓋を開けて匂いを確認するだけだ」

「危ないですから匂いなんて嗅いではいけません、お願いします返してください！」

「危ない？」

彼の眉間の皺が寄る。

ふと、何か思い当たったみたいにブライアスが一気に蓋を開けた。

「だめ！」

アンジュは思い切って彼の手にジャンプした。ハッとしたブライアスがぶつかってきた彼女を腕で支えにかかる。

「こら、危ないから」

アンジュは、上げられている彼の手に自分のそれをたやすく届けられるようになったことにハタと気付いて、目をゆるゆると見開く。

（小瓶を持った手を先に動かすこともできたのに、彼、私を心配して――）

その時、躊躇《ちゅうちょ》した彼女の指先はブライアスの小瓶を引っかけた。

「あっ」

傾き、液体がこぼれるのが見えた。アンジュが咄嗟に身を庇《かば》った次の瞬間、ぱしゃんっと胸元に冷たさを感じた。

続いてくることを想定していたのだが、小瓶が当たる衝撃はこなかった。

そろりと目を開けると、ブライアスが落下したそれを掴まえて防いでくれていた。

「あ、ありがとうございます」

お礼を伝えたが、彼は驚いたようこちらを見ている。

なんだろうと思ってアンジュは視線を下げる。すると胸の谷間の上からドレスの胸元まで、とろりとしたピンクに染まっていた。

「す、すまない」

ようやくといった様子でブライアスが声を絞り出した。

「いえ、大丈夫です」

心臓が遅れてばくばくしてきたが、身体に異変は感じなくて密《ひそ》かに安堵《あんど》する。自分は女性だから触っただけでは問題ないのかもしれない。

ブライアスが触れなくてよかったとほっとした。

ドレスの一部がピンクに染まってしまったのは残念だが、何か羽織ればこのまま帰れそうだ。彼のためにも速《すみ》やかに帰ろう。

(少しは拭かないといけないかもしれないけど)

自分の襟元から見える膨らみに指を滑らせると、指先が濡《ぬ》れる感触があった。

息をのむ声が向かい側から聞こえた。ハタと目を上げ、アンジュは瞬《まばた》きもせず固まっているブライアスに戸惑う。

「あ、あの、瓶は返していただきますね」

手から抜き取っている間も、彼は微塵にも動かなかった。

(ご様子がおかしいわ)

スカートのポケットに小瓶を入れ、訝しんだ時、ブライアスに左右から腕を取られて緊張した。

「ブライアス様、離れて――」

「甘い、匂いがする」

こくりと喉を鳴らしたブライアスが、自分の胸元に顔を寄せてきて、アンジュはギョッとした。

(殿方には香りだけでも効果を発揮するのねっ)

ハッと察し、なんということだと思って慌てて抵抗した。

だが、力強い男の腕の中に閉じ込められ、後退さえできなくなった状態でブライアスに胸の谷間をぺろりと舐《な》められた。

「あっ」

一瞬、感じたことのない甘い感覚が背を走り抜けて、アンジュは身が強張《こわば》る。

しかも一度だけかと思ったら、彼は繰り返し舐めてきた。

舌が肌に滑ると生々しい感触がある。

「や……だめ、だめ……」

恥ずかしくて見られない。それと同時に柔らかで熱い舌で触れられ、ちゅっと吸い付かれる感覚は、アンジュに未知の気持ちよさを与えた。

「怖がらなくていい、俺は綺麗にしてやろうと思っているだけで……」

たまに指先へ挨拶のキスしかしたことがなかった人が、唇で肌に触れている。

アンジュはその姿を目に収め、胸がきゅんっとはねた。それは想像していた以上に彼女の胸を甘く高鳴らせた。

(こんなのはだめ)

彼を押しのけないと、そうアンジュは自分に言い聞かせるように思う。

このピンク色の液体を口にするのはだめだ。

(止めないと、いけないのに――)

嬉しい、と思っている自分がいた。

彼に触れられると、何やらぞくぞくっと腰まで甘く痺《しび》れる。

「……………ん？　熱い……」

ふと呟いたブライアスが、唐突にアンジュを解放した。ぱっと自分の口に触れる。

「アンジュ……小瓶に入っていたこの液体はなんだ？」

「い、今聞くのですか？　あなた様が口にしたのは媚薬ですっ」

唖然《あぜん》と見つめ返されたアンジュは、狼狽し、真っ赤になった顔で答えた。

「だから離れてと、だめだと私は――」

「そもそもなぜ君がそんなものを持っている？」

覚えるであろう疑問が飛んできて言葉が詰まる。

自分で購入した、なんて嘘は恥ずかしくて死んでしまう。

とはいえ昨日のセスティオとのお茶会が出所なのだと教えて、彼にまで責任が及んだらどうしよう。

「……なるほど」

ふっと、ブライアスが口元から手を下ろした。

「まさかとは思っていたが、君は誰かに媚薬を贈られたわけか」

ダグラスのことが頭に浮かんで反射的に身が強張ったら、一度離れてくれたブライアスが詰め寄ってくる。

「それなら俺がここで我慢する必要はないよな？」

アンジュは後ずさった。気のせいか、彼の顔に怒りのマークが見える。

「が、我慢とは……」

「これから教えてやろう。さすがに媚薬を直接渡す紳士はいないだろうから、さしずめ君に助言を兼ねて渡したのは令嬢友達か。それで君も結婚先を探すべく、誰かといい雰囲気になろうとでも？」

言いながらどんどん向かってきて、アンジュも室内を逃げ続ける。

「いい雰囲気になっても結婚はできませんよ……？」

「ああそうか、君はそういうことはまだ知らないままか。それはよかった。君の令嬢友達にもあまりよくないことは教えないよう伝えておこう――そして俺達の仲への誤解も解かねばな」

「はい？」

するとブライアスが一気に距離を詰めてきた。あっと思った時にはアンジュは腕を摑まれていて、一気に彼の両腕で抱き上げていた。

「な、何をしてっ」

「これから君と、いい雰囲気になろうとしている」

困惑している間にも、彼が向かったのは奥の部屋だ。

そこには客人向けの休むためのベッドが設けられていた。

まさかと思ってアンジュが彼のほうを見た時には、彼女はそこに横たえられ、手を左右に開かれてのしかかられていた。

「ブ、ブライアス様――」

「正直、余裕はあまりないとは先に伝えておく」

彼の顔が寄せられる。

「やっ、だめ、ブライアス様」

慌てて手を振りほどこうとしたがビクともしなくて、濡れた胸元を舐められた。

「今日はもう君の『だめ』は聞かない。最後まではしないから、媚薬分は付き合ってもらおう」

ちゅ、と吸い付かれ、アンジュは小さな痛みにはねた。

見てみると、そこには小さな鬱血痕《うっけつ》ができている。令嬢友達が『婚約者から』と恥ずかしそうながら幸せな表情で語っていたものと、同じだ。

胸が甘くざわついた。抵抗もできない状況では肌へ舌を這《は》わせるブライスの姿を見る以外にできることはなくて、そうすると、今度はどきどきしてくる。

(媚薬を口にさせるなんて、だめ、なのに……)

男女の行為で触れてくれている目の前の彼が、愛しい。

彼が舐める姿は妖艶だった。こんなふうに触れられることはないと、アンジュが諦めていた人。

「慌てて帰ろうとしたとはいえ、媚薬を素直に受け取ったということは、君は誰かにそろそろこういうことをされたいと思っていた?」

こういうこと?　と思ってアンジュはきょとんとする。

胸元から見上げてきたブライアスが、舐めながら乳房を手で包んだ。

「あっ」

こちらを見据えたままブライアスは乳房を持ち上げると、乳房の膨らみにぢゅるると吸い付く。そうするとアンジュは身体がびくびくっと震えた。

「ブ、ブライアス様、や」

「君のここは嫌がっていないようだ」

円を描くように揉《も》まれると、身体の芯が甘く痺れるみたいに力が抜けていく。

もう彼の手はアンジュの両手を拘束してはいない。けれど、恥ずかしいのに止めることができない。

「興味があるのなら、君も俺に触れてくれていい」

「そ、そんなこと……っ」

「できない？　そうか、それでも俺は君に触れる。ここで君を繋《つな》ぎ止《と》めないといけないと分かった――ん、全部いちおうは拭えたな」

「え？」

まさか、そう思って確認すると胸元にあったピンクの液体が見当たらない。

「ぜ、全部お舐めに……⁉」

「このあとうっかり君の口にでも入ってしまったら、まずい」

身を起こしたブライアスが、ふぅと息をもらして前髪をかき上げる。上気した頬《ほお》にアンジュはどきっとした。

（こんな熱っぽい彼……初めて見るわ……）

媚薬、が身体に入っているせいだろうか。

彼が熱そうにジャケットを脱いだ。ベストも取られ、鍛えられた身体が分かるシャツ姿にアンジュは心臓がはねた。

「あ、あのっ」

「ん？」

「……口にしたら大丈夫ではないというふうに聞こえました。その、ブライアス様は大丈夫なのですか？」

緊張して咄嗟に声をかけたアンジュは、頰の火照《ほて》り具合も含め彼の身が心配になってきた。

「これは、――俺にもまだ望みは残されていると取っていいのか」

「はい？」

「いや、いい。そうだな、大丈夫ではないと言ったら素直に付き合ってくれるのか？」

美しい顔が寄せられ、アンジュは反射的に首を竦める。

「そ、それは、その……」

「まぁ、やめる気はないが。俺があまりにも手を出さないから君を焦れさせたのだと思えば、その分の責任も取る」

ブライアスが左右に両手をついた。

「……待ってください、今、手を出さないとお言いに？」

「ああ、言ったな」

その言葉が意外すぎて、アンジュは覆いかぶさる彼を茫然《ぼうぜん》と見つめ返していた。

ブライアスの手がアンジュの顎をつまむ。

「君が、好きだ」

「えっ……」

どきんと胸が高鳴りを上げた時、二人の距離が縮まり、アンジュは柔らかなもので唇を覆われていた。

キスだと理解するのに、そう時間は必要なかった。

初めてのことで戸惑っている唇へ、ブライアスは優しく撫《な》でるようなキスを繰り返す。

「ん……、んっ……」

緊張して力が入ってしまうと、『大丈夫』と言うみたいにブライアスの唇がアンジュの唇を優しくついばんでくる。

（どうして、こんなに優しく……）

胸がどきどきしすぎて、ぎゅっと目を瞑《つぶ》る。

アンジュはただ、最後にブライアスから『別に好きじゃない』以外の言葉を聞きたいと思っただけだ。

（それなのに、まさか『好き』と言われるなんて）

手への挨拶の口付けでさえ躊躇《ためら》う人が、今、アンジュの唇を味わっている。

こんなの、それこそ魔法でもない限り現実では起こらない。

「俺はどうにか理性はたもてる。王族として毒の耐性はつけてあるから」

ブライアスがそっと離れ、アンジュの顔を手で包んで覗き込んできた。

「優しくするから、……今は、触れさせてくれ」

彼の熱い吐息に胸が震えた。近くにあったブライアスのブルーの瞳は、熱に揺れて瑞々《みずみず》しい美しさを宿している。

（ああ、媚薬のせいだわ）

令嬢友達から話を聞いて想像していた、男性が女性を求める眼差し。

きっとブライアスは、アンジュのせいでこぼれた媚薬の匂いを嗅いでからずっと――女性に触れたくてたまらない、のかもしれない。

「媚薬で苦しいのなら……いい、ですから……」

彼が媚薬でおかしくなっているのは自分のせいだ。

このあとどんなことが待っているのかも分からないが、彼が同じように他の女性とこうすることを思い浮かべたら、『嫌』だとも思った。

「ありがとうアンジュ」

再び唇を重ねられた。

感謝された。やはり彼は媚薬がつらいのだろう。再開されたキスは呼吸ができず溺れるのではないかと怖くなるくらい情熱的だった。

「んっ、ン……ぁ、ん……んっ」

吸い付くだけでなく、生々しく唇を舐め取られもして、どきどきで手まで震えそうになる。

すると、つ、と舌先を差し込まれて肩がはねた。

「大丈夫だから」

普段聞くことがない優しい声に心が震える。

アンジュは身体から力を抜くと『媚薬の責任を取るため』と自分に言い聞かせ、顔から火が出そうになりながら口を開けた。

「アンジュ、――すごく可愛い」

ぬるりと舌が入ってきた。

「んぅっ？　ん、んん」

可愛い、という言葉に動揺している間にも、舌が咥内《こうない》を探ってくる。

彼の手が胸元を這った。それにも余裕を削られるのに、彼はさらに艶《なま》めかしく舌を絡めてくる。

（気持ち、いい……）

彼女は震える手で彼のシャツの背を握っていた。

初めての感触は、次第に官能的な感覚をアンジュに与えた。

合わせている唇と、彼にまさぐられている身体から甘く痺れるような感覚が広がっていく。

（こんなことブライアス様としてはだめなのに）

でも今は、彼とこうしてぎゅっとしていたい――初めてなのに、彼のキスの熱量が増しても怖いとは感じない。

「あっ、ン」

ドレスが胸の先端をかすり、ビリッとした快感で身体がはねた。

ブライアスがドレスを引き下ろした。ハッとそこを見たアンジュは、彼の前で揺れた乳房と、自分の色付いてぷっくりと膨れた先端に顔がかぁっと赤らむ。

「あ、あのっ」

「気にしなくていい、俺がそう仕向けたから。君はここも敏感らしい」

大きな手がアンジュの胸を包み込む。直接に握られている恥ずかしさを感じた直後には、アンジュは揉まれてぞくぞくと甘い心地を覚えた。

右から左からいやらしく乳房の形を変えられていく。

その感触に、お腹《なか》の奥がきゅっと甘く絞めつけられる感じがする。

「あんっ」

彼が、ぎゅっと摑み、右胸の上のまろやかな曲線に吸い付いた。

「あ、あ、ブライアス様、だめ……」

同時に先端を刺激され、身体が甘く震えた。

「だめ？　俺にはよさそうに見える」

彼の舌が突き出た胸の先端を目指して、つーっと這う。アンジュがどきどきして見守っていると、それが乳首をつつき、乳輪を舌先でなぞった。

「あっ……あぁ……あ」

ブライアスにそこを刺激されると、いやらしい気持ちが徐々に這《は》い上《あ》がってくるような感覚がして脚の間が痺れだす。

ブライアスが、乳房の先を咥《くわ》えた。

「ああっ……はぁっ、ん……あぁ……っ」

彼の口の動きによって自分の口から飛び出す、止められないあられもない声が恥ずかしい。アンジュはびくびくっと揺れながら、自分の口元を両手で覆う。

すると、その手をブライアスが下げさせた。

「んっ、いったい何を」

「可愛い顔が見えたほうがいい」

ふっと笑んだ彼にアンジュは真っ赤になって動揺する。好き、だとか、可愛い、だとかあまりにも現実的ではない。

（これも媚薬の効果なの？）

なんだか、ブライアスがやたら甘い気がして胸の高鳴りが止まらない。

彼が触れてくれて、褒めてくれていることが嬉しかった。

「脱がせるぞ。少し、腰を上げてくれるか」

「は、はい……」

胸を愛撫《あいぶ》する彼のエスコートに、つい素直に従ってしまう。

ブライアスがアンジュのドレスを脱がせた。太腿《ふともも》が見える丈の短いシュミーズ一枚になると、そこからこぼれている白い乳房に触れられている光景が生々しく見えた。

「んっ……あの、胸に触れすぎでは……」

「触りたい。今味わわないともったいないだろう」

アンジュは顔から湯気が出るのではないかと思った。媚薬は恐ろしい効果を発揮しているようだ。

ブライアスは右胸を唾液でてらてらと光らせると、今度は左胸へと口を移す。

気のせいか、彼に吸われた先端部分がじんじんしている。

「あっ」

彼が片腕でアンジュを少し抱き上げた。もう一つの手が下へ滑り込む感触に、咄嗟に膝を閉じたものの意味がなかった。

アンジュの太腿によって挟まれた彼の手が、下着を探り当てて柔らかく撫でてくる。

「あ、あ、だめ……」

恥ずかしいのに、力はとうに抜けて彼の手なんて拒めない。

背を抱いている腕に優しさを感じるせいだろうか。

「そのまま、俺を感じて」

指に集中して、と言われている気がして素直に従う。

指が上下に撫で、周囲をじっくりとなぞる。彼の指が動くのを鮮明に感じると、心地よさがお腹の奥を収縮させた。

「あぁ……あ……やぁっ……」

キスをしていた時以上の確かな官能的な心地よさが込み上げ、アンジュは背をのけぞらせて身悶《みもだ》えする。

硬くなりだした花芽をつつかれると、気持ちよさが一気に膨らんだ。

もっと強く触って欲しい、そんないやらしい気持ちまでして羞恥に瞳が潤む。

「……ブライアス様、もうだめ……お願い」

「気持ちよさを怖がらなくていい。君も、これがなんであるのかは知っているだろう?」

彼が指を強く押し当てる。すると湿り気を帯びた水音が聞こえた。

それは、感じると溢れてくるもの、だ。

男性を受け入れるために必要なものだとは教わった。自分にできるだろうかと不安があったのに、そこはブライアスによって濡れている。

「愛おしいな、まだ何も知らない身体で俺を求めてくれてる」

ブライアスが不意に下着をずらすと同時に秘裂を広げ、中心部に触れた。

「あぁっ」

アンジュは腰から走り抜けた甘い痺れに驚いた。

彼の指が浅い場所で秘裂をなぞるように上下に動かす。そこがぬるぬると濡れているのが分かった。

優しく動かされるたびに蜜が増し、次第に内側が悩みがましくうねる。

「ほら、いい具合に絡みついてくる」

彼の指が少し差し込まれて、アンジュの入り口を探ってきた。

「ああ、あ……だめ、これ以上……暴かれたら……」

彼の指にお腹の奥だけでなく、心がきゅんきゅんする。

だめだと思った。これはあくまで責任を取るためなのに、彼の指を『愛おしい』と感じている。

「俺の前ではどれだけ乱れても構わない。愛らしいよ、アンジュ」

回した片腕でさらにアンジュを引き寄せて、ブライアスが乳房に口付ける。また、そこに花弁のような色がつくのが見えた。

残された証《あか》しにきゅんっとしたと同時に、彼の指が恐ろしく敏感な部分に触れた。

「あぁっ、あぁ……同時はっ……」

アンジュは背をのけぞらし、腰を揺らした。うねる中を探るように刺激されながら敏感な芽を弄《いじ》られると、確かな快感がお腹まで突き上げてくる。

もっと奥に、と自分ではなくなるような欲に怖くなるほどだ。

「果てが近いのだな。我慢しなくていい」

胸を口で愛撫しながら、彼が指を抜き差しする。

(あ、あ、気持ちいい)

彼に触れられ、腰をがくがくと浮かせて感じている自分のあられもない姿を目に収め、アンジュは羞恥した。

こんな『気持ちいい』を彼の手で感じてはいけないのに、胸の高鳴りが止まらない。

彼のために男女の勉強もした。

想像がつかなかったアンジュは、しかしブライアスが隣に立つと、どきどきするようになった。

そんな彼が自分の乳房を唾液で濡らし、自分をよくしてくれている。

そんなの意識しないはずがない。媚薬のせいだと分かるのにきゅんきゅんして、そうしたら気持ちよさがいよいよ高まった。

「ああっ、あ、何かくる、何か、きちゃう……っ」

ぞくんっとお腹の奥が甘く震えたアンジュは、怖くなって咄嗟にブライアスへ腕を回した。

「それが快感で達する感覚だ。そのまま俺に身を委ねて。何も怖くないから」

彼が片腕で抱き寄せ、顔の横や首に何度もキスをする。

怖さが抜け落ちていく代わりに、収縮の感覚が短くなった。それを指で感じ取った彼が蜜壺に強く押し込み、中をかき混ぜながらお腹の内側を押す。

その瞬間、奥で快感が弾けた。

「あっ――んんんぅっ」

思わず脚を閉じてブライアスの手を挟む。

まるで自分から彼の手をそこに入れているみたいだとアンジュは思った。けれど腰がびくびくっと痙攣《けいれん》して、動けない。

「あ、ぁ……きたのに……中が熱い……」

何かを締め付けたいと切なく収斂《しゅうれん》を繰り返している。

どうして、と思ったアンジュは抱き締めている腕から伝わる彼の温《ぬく》もりに、自分のそこがきゅんきゅんしていることに気付いた。

(だめ、これは彼の媚薬のことを解決するためであって)

「もう少し付き合えそうでよかった」

「ふぇっ？」

ベッドの上でブライアスに横向きにされた。慌てたアンジュを、彼は左腕と脚で押さえて引き寄せ、後ろから抱き締める。

「あんな姿を見せられたら俺も我慢の限界だ、今度は俺と一緒に果ててくれ」

「いっ、しょ……？」

すると、後ろから何か硬いものがアンジュの脚の間を進んできた。

「あっ」

秘所を滑る感覚にびくびくっと身を震わせたアンジュは、生々しい体温と肉感に、かぁっと頬が赤くなった。

それは、どくどくとした脈打ちを伝えてくる。

「アンジュ、いいか？」

「は、はい……」

そもそもこの触れ合いは、彼に媚薬を口にさせてしまった責任を取るためだ。ブライアスによくなってもらわないと意味がない。

（出せば、小さくなるとは聞いたし）

その状態が男性は苦しい、らしいのだ。

教材の挿絵で見た際の印象よりも大きな感触に緊張しつつ、アンジュは頷く。

するとブライアスが、引いては押し込むのを繰り返し始めた。

「……あっ……はぁ、ン……、あぁ……」

太くて硬いものが蜜口をこすりつける感触に、また奥が疼《うず》くような気持ちよさが甘く背を走り抜けてくる。

（私に興奮しないはずの人なのに、媚薬の効果ってすごい）

見るのは怖いという気持ちと、ブライアスのそれであれば見てみたいという好奇心が湧く。

相手の女性に興奮するほど大きく立派になるとは聞いた。

それでいて、こうしてこすり合って一緒に果てに向かうという背徳的な行為が、気持ちいいこともアンジュは知った。

「あっあっ、ブライアス様……！」

後ろから、ぱちゅっぱちゅっと強く腰を押し込まれて考える余裕が飛んだ。

身体が揺れ、体温もどんどん上がり、あの果ての感覚が増していくばかりでアンジュはシーツを握って悶《もだ》えるしかない。

まるで本当にしているみたいだ。

そんなことを想像したアンジュは、強くかき抱いてきたブライアスの声にどきりとする。

「はぁっ、はっ、気持ちいい、アンジュっ」

お腹の奥がきゅんっとした。そうすると中がうねって、彼の熱が花弁と敏感な芽をこすってどんどん『気持ちいい』が押し寄せる。

「あ、あっ、ブライアス様、ブライアス、さまっ」

余裕のない様子で彼が動いていることを愛しいと感じてしまう。

自分に昂《たかぶ》り、欲を吐き出そうと本能のまま腰を振る彼にきゅんきゅんが止まらない。

「アンジュ」

(ああ、だめ、そこで名前を呼ばないで)

ひくんっと奥が引きつって今にも快感が弾けそうになる。咄嗟にこらえようとしたら、ふと彼が前に手を回してきた。

「大丈夫だ、俺も、もう出る」

ブライアスが花芽を撫でてきた。早急に限界が近付く。

「あぁっ、だめっ、きちゃう、また果てて……あぁぁあぁっ」

アンジュは腰をはねさせるようにして前に突き出し、びくびくっと震えながら太腿を強く合わせていた。

絶頂感とともに、後ろから低い呻《うめ》きが上がる。

直後、太腿やシュミーズの乱れた裾に何か熱いものがほとばしるのを感じた。

「あ……これって……」

我に返り、自分の前を濡らすそれにそろりと手を伸ばす。

「触らなくていいっ」

なぜか焦った声が後ろから聞こえたが、その時にはアンジュは男性が吐き出す子種というものに手で触れていた。

そしてとろりとした場所にある、肉質感のある何かが指先に触れた。

「——あ」

アンジュは、不意打ちで触れてしまったことに真っ赤になった。

するとそれが太腿の間でむくむくと元の硬さに戻っていくのを感じた。そっていく先が花芯を押し上げる。

咄嗟に、アンジュはこれ以上大きくさせないよう太腿で挟み込んだ。

「な、なんでまた大きくなるのですかっ」

一度すれば終わるものなのではないのか。

こうも簡単に大きくなるなんて聞いていなかったから動揺する。

「——ああ、もう無理だ」

どこか怒ったような低い声が聞こえた。

びくっとしたアンジュは、肩越しに彼のほうを振り返ろうとしたところで、うつ伏せにひっくり返されて驚いた。

ブライアスが後ろから腰を持ち、尻を突き出すような姿勢にさせる。

「ブ、ブライアス様、恥ずかしいです、あんっ」

閉めさせられた脚の間に熱が押し込まれ、腰が甘く震えた。

「なんで、また、大きく」

「俺は君の媚薬を飲んでいるので、君にも分かるよう伝えると、大きくなりやすい」

「お、大きく、なりやすい……」

「もう一度付き合ってくれるな？」

彼が自身の状態を教えるように数回軽く滑らせてくる。

それは欲望を吐き出す前と同じ驚くほどの大きさになっていた。どくどくと熱く脈打ち、興奮状態であると伝えてくる。

媚薬はアンジュのせいだ。彼は時間を無理やり空けたので、このあとの仕事に遅れるのもいけない。

「………せ、責任を持って、お付き合いいたします」

それから一緒に果てるため『二回目』が始まった。

後ろから手を握られ、名前を呼ばれながら腰を振らせられた。そのうえ彼はいやらしいアンジュも可愛いとまで言ってきて厄介だった。

媚薬は想像と違って、惚《ほ》れ薬のような効果も出すようだ。

まるで好意丸出しのようなブライアスに戸惑いながら、胸がきゅんきゅんしてアンジュもまた達すること以外に考えられなくなった。

二章

それから二日目の午前中。

アンジュは、そわそわと落ち着かず部屋を行ったり来たりしていた。

王宮から帰った翌日、ブライアスから訪問の知らせを受けた。彼が仕事の途中で立ち寄るなんて、初めてのことだ。

今日、ブライアスが来る。考えると大変落ち着かない。


王宮で互いが二度目に一緒の果てを迎えたあと、ブライアスはしばらくアンジュを後ろから抱き締めて横になっていた。

『アンジュのキャラメル色の髪は、いつまでも触っていたくなる』

ありきたりな茶色を『キャラメル』と言われ、好きな恋人に囁《ささや》くような言葉まで言わせる媚薬にアンジュは動揺した。しかも身を整えたあと、彼は屋敷まで送ろうかなんて言い出したのだ。

ブライアスに慌てて執務を遅らせてはいけないと言い聞かせ、その場をあとにしたのだが、騎士達と待機させられていたレナもアンジュの『ただお茶をして話しただけ』を信じていない節があった。

少し長めのお茶という仲のいいことを聞いたあとだったから、両親はブライアスから話したいことがあると言われて朝から上機嫌だ。

その一方でアンジュは、内心真っ青だった。

(まさかあの出来事のことで謝罪を？)

思い浮かぶのはそれだ。そうだとしたら大変困る。それを盾に父と母が自分の娘を王太子妃にしろ、と要求したらどうするつもりなのか。

(いえ、彼は私と結婚したくないと思っているからそれはないはず)

誠実な人であるのは確かだが、さすがに先日起こってしまった出来事を包み隠さずすべて正直に話すようなヘマはしないだろう。

だとしてもアンジュは――彼に非難される要素がありすぎた。

両親へは恐らく結婚話がなくなってしまったことについて交渉するのだとしても、アンジュはベッドで起こった一連のことは口止めされるだろう。

対面の時を緊張して待っていると、間もなく、王太子の専用馬車と護衛団が公爵邸に到着した。

護衛騎士達と共に入ってきたブライアスを、アンジュは両親や兄と並んで迎えた。

「一度、公爵夫妻にまずは話が」

来て早々の、ブライアスの言葉がアンジュの心臓に悪かった。

いつも通りの愛想のない生真面目そうな雰囲気。そんな彼を見ていると何が話されるのかも大変気になったが、アンジュは執事に案内されていく彼と両親を気にしつつ、レナと二階の私室へ移動する。

だが、ソファに腰を落ち着けて断罪を待つ心境でいたのも短い間だった。

「アンジュ、殿下をお連れした」

「えっ」

兄が部屋の扉を叩《たた》いて、そんなことを言ってきた。

時計を見れば、まだ十分も経っていない。慌てて扉を開けると、兄がブライアスを連れて入ってきた。

両親はもう出掛けたので、兄はそれをついでに知らせにきたのだとか。

「え？　二人はどちらに行かれたのですか？」

「殿下と話せば分かるだろう」

兄のほうも急用が入ったのか、時間がない様子で部屋を出ていってしまった。目配せされたレナが慌てて自分も廊下に出る。

待って、という言葉も間に合わず室内にブライアスと二人きりにされてしまった。

緊張したアンジュは、ブライアスに両手を取られて向き合わされ、どきっとした。

「せ、席にご案内します」

「必要ない。次の公務にもう行かないと」

座ることもしないみたいだ。それは彼らしいと思えたのだが、いまだ触れられ続けている両手が気になった。

（いつもならしないというか……こんなにも離さないのも変ね……）

視線を手元へ落とし、そう思った時だった。

「君と婚約する」

アンジュはギョッとして視線を上げた。

そこにあったのは、ブライアスの引き締まった表情だ。

「は……、え？」

「この前のことなら責任を取る。俺がちゃんと娶《めと》る」

「め、めと……」

アンジュは口をぱくぱくと動かしてしまった。

声が、言葉が追いつかない。事態は、自分が考えてもいなかった方向にいってしまったみたいだ。

「あ、あの、その必要はないのではないかと」

「どうしてだ？　アンジュ、俺が君を好きだとは先日も伝えたはずだ」

彼が指先を握り込み、持ち上げて唇を押しつける。

それは媚薬を飲む前と打って変わった態度だった。アンジュは口をぽかんと開けてしまった。

出して満足したはずなのに、彼が元に戻らない。

昨日の触れ合いで責任を取るだとか、その理由は好きだからだとか、言動はめちゃくちゃだ。

「俺と君は結婚する。だからアンジュは、ここから離れてしまうといった心配だって不要なんだ」

甲斐甲斐《かいがい》しく覗き込まれる。

衝撃のあまり言葉が出なかっただけなのだが、心配、と言われて困惑が強まった。

(私、そんな心配はしていないのだけれど……)

ブライアスが両手をぎゅっと握って距離を詰める。

「俺が悪かった。君を不安にさせた。これからは好きだと、好意を隠さずに伝えていこうと思う」

待って欲しい、とアンジュは思う。

結婚するような好意なんて、彼は持っていなかったはずだ。

近くから見下ろされたアンジュは、まるで愛おしい女性みたいに見つめてくる彼の眼差しに冷や汗が出てきた。

先日みたいに甘い雰囲気がないから分からなかった。

彼は、媚薬の効果が抜けていない。ダグラスがくれた『特別な外国産』の威力に慄《おのの》く。

「ブ、ブライアス様、責任なんて取らなくていいのです」

「俺は君と結婚する。そうすれば君は家族の近くにもいられる」

「先日のあれは、私が媚薬を持っていたのが悪かっただけで」

「それは口実に過ぎないと言ったら引くか？　俺が婚約を決めたのも、アンジュ、君が好きだからだ」

ああ、完全にまだおかしいままだ。

媚薬を使った日に、アンジュは彼には幼馴染みとして悪い感情は抱かれてはないようだとは分かった。

ベッドでの行為も始終、彼は配慮に溢れていた。

嫌いな相手なら、彼女がいちいちときめいてしまうような優しさだって出さなかったはずだし――。

問題は、それが悪化して『結婚するくらい好き』となっている目の前の彼だ。

（ハッ、そうだわ。思い出させたら正気に戻ってくれるかも）

アンジュは彼から手をそろりと引き抜きにかかりながら、言う。

「で、でも、ブライアス様はいつも女性に囲まれておりますし、私なんてタイプではないかと――」

「俺のタイプはアンジュだ。それ以外の女性に興味はない」

真剣な顔で、怒ったみたいに美麗な顔をぐいっと寄せられた。

アンジュは耳まで真っ赤になった。幼い頃からの婚約者候補でも、好意なんて伝えられていない日々だった。

こんなブライアス、知らない。そう性格でも変わったみたいに急にぐいぐいこられても困る。

「分かった。今日はここまでにしておく」

赤面して動けないでいると、ブライアスが嘆息し、手を解放してくれた。

「君が誰かのもとに行ってしまわないよう自分にしっかり繋ぎ止める必要があるとは分かった。だから、これから覚悟しておけ」

ブライアスはそう宣言して出ていった。

一人部屋に残されたアンジュは、赤くなった頰を左右から手で覆って、へなへなとしゃがみ込む。

（まだ媚薬の効果があるんだわ……どうしよう）

両親達も、婚約関係のため外出したのだろう。

まるで以前から準備でもされていたみたいに物事が早急すぎる気がして、事態にちょっと頭が追いつかない。

けれど内容が内容なだけに、相談なんてできない。

今日中、もしくは一晩明けたら媚薬の効果が消えていてくれていないだろうかと、アンジュは心から願った。

だが、そう都合のいいことは起こらなかったようだ。

翌日には二人の婚約が結ばれてしまった。その書面を直々に持ってきたのは王太子であるブライアス自身だ。

「ブ、ブライアス様……」

「今日も愛らしいな、アンジュ。これで君は俺の婚約者だ」

アンジュは、彼が昨日とまったく変わっていないことに眩暈《めまい》を覚える。

しかも口を開けば何かしら甘い言葉をかけてくる。

こんなのブライアスじゃない。媚薬のことが思い出されて罪悪感も胃をきりきりとさせてくるのに、両親も変だとさえ思わず祝福モードだ。

「よかったなアンジュ」

「これで安心ね」

何もよくないし、安心どころか未来でブライアスに嫌われる要素を追加してしまった。

「キャラメル色の髪に、ドレスもよく似合っている」

「そ、そうでございますか……」

やってきてからずっと、愛おしげと言わんばかりに見つめてくるブライアスに気が散って仕方がない。

だが、まずい事態なのは理解している。

たった一度の媚薬で、二人が結婚することが決まって婚約も結ばれてしまった。

正気に戻ったあとのブライアスを想像すると、倒れそうな気分だ。

（いつになったら、薬は抜けるの？）

「名残《なごり》惜しいが、公務を頑張らねばしっかり者の君に飽きられてしまうな。ああそうだ、明後日《あさって》、婚約者となって初めての時間を早速作ろうと思っている。二人で茶会をしよう」

「えっ」

「それはとてもいいことですわ！」

「公爵夫人、アンジュを明後日お借りしてもよいだろうか？」

「学校が終わって毎日本を読んでいる日々ですわ。気分転換にぜひお連れくださいませ」

父まで話に加わり、予定があっさりと組まれてしまった。

「それでは明後日、楽しみにしている」

ブライアスはさらりと次に会う予定まで取り付け、去っていった。仲睦《なかむつ》まじくて何よりだと両親は満足げだが、アンジュは『重症だ』と青くなる。

ブライアスは王太子として忙しかったし、たいていはアンジュが周りから『行きなさい』とにこにこと促されて王宮へお茶をしに行く——という形だった。

媚薬の力は恐ろしい。

アンジュは、続く目の前の事態に狼狽した。

◇◆◇

茶会の当日までに彼の媚薬が抜けて『なし』と連絡がくればいいのに——なんて思っていたが、無理だった。

待てどもキャンセルの朗報は来ないまま、アンジュは当日を迎えた。

張りきった母にドレスを着せられ、そうしてレナを付けられて、公爵家の馬車で王宮へと送られた。

王宮で下車してすぐ、レナは馬車の者と待機になった。

アンジュは案内する王太子の護衛騎士の後ろを、俯《うつむ》き加減について歩く。

王宮を歩いていると、貴族達がちらちらと見ていくのを感じた。進むごとに顔見知りの貴族達も現れ、にこやかな顔をして祝ってきた。

「ご婚約おめでとうございます」

「お話はうかがいましたわ。おめでとうございます」

社交界でよくしてもらっている者達に声をかけられると、アンジュの評判ある優しい笑顔も、今は強張り気味だった。

もう、こんなに知られてしまっている。

（あとで『なし』になったら、どう収拾をつければ……）

考えるだけで頭が痛い。そうして、罪悪感でずんっと胸が重くなる。

（ブライアス様が積極的に誘ってくださるのも、媚薬の効果が続いているせいで――）

その時、貴族達の目がある方向を見て華やいだ。

なんだろうと思ってそちらへ視線を移動したアンジュは、次の瞬間、目の前に壁ができてぎゅむっとぶつかった。

「アンジュ！　迎えに行こうと思っていたんだが一歩遅かったみたいだな。君を迎える騎士の役目をしたかったのに、残念だ」

壁、と思っていたそれは、ブライアスのたくましい胸板だった。

さすがは騎士として鍛えているだけはある。苦しくて手でぐいぐいと押したアンジュは「ぷはっ」と顔を上げる。

「ブライアス様っ、こんなところでいきなり抱き締めるなんて――」

「くくっ、すまない。驚く様子さえもアンジュは愛らしいな」

目にブライアスの見慣れない笑みが飛び込んできて、アンジュの『苦しかった』という非難が引っ込む。

（なんて、綺麗な笑みかしら……）

だが見とれているのは自分だけではないと、周りから聞こえてきた声にハタと気付く。

「まぁ、王太子殿下ったら、なんとも幸せそうですわね」

「二人が婚約して本当によかった」

「ああ、見ていて微笑ましい。この国の未来は安泰だな」

周りで交わされる言葉にアンジュは顔に熱が集まる。

「そろそろお放しください」

「照れずともよい。俺達は婚約者同士だ」

軽くぎゅっと抱き締められて、アンジュは悲鳴が出そうになる。

「そ、そもそもどうしてブライアス様がいらっしゃるのですか」

「先日はどきどきすることを教えてやったからな。想像力の豊かさで、騎士に惚《ほ》れられでもしたら、困る」

「……騎士様に、惚れ……？」

彼の言動が媚薬でおかしすぎることになっている。

アンジュが頭の中をぐらぐらと揺らしている間にも、ブライアスが護衛騎士のほうを見た。

「ここからは俺が案内する。離れて同行せよ」

「はっ」

つまりは出迎える護衛騎士に嫉妬したのか。周りの貴族達がそう見て取って注目しているのだと悟ったアンジュは、耳まで真っ赤になった。

ブライアスがアンジュを片腕に抱いて、茶会の場へと連れて行った。

そこは王族専用区にある『鳥の部屋』だ。金を多く含んだ壁の鳥模様は美しい。中央に置かれた円卓には、お洒落《しゃれ》な紅茶とケーキセットがあった。

「アボット・ティンカー店の新作だそうだ。キャサリーゼ嬢とも好きでよく食べているだろう？」

「そうです、なんて美味しそう……」

「気に入ったか？」

「はい、嬉しいです。ありがとうございます」

両手を合わせてくるりと振り返ったアンジュは、にこにことしているブライアスの視線に頬がさっと熱くなった。

笑顔なんて社交辞令で他の令嬢達に対応していたのは見ていたが、直視した彼の嬉しそうな笑顔は、蕩《とろ》けそうなほどに甘く感じる。

「いつも食べている姿が可愛いと思ってな。好きなものを用意できたようで、よかった」

大人びた好感を覚える言葉に、アンジュはますます胸がときめくのを感じた。

どきどきしながら彼のエスコートで席につく。

普段なら向かいに座るのに、ブライアスはたくさんある椅子の中で当然のように隣の椅子に腰かけ、アンジュの鼓動が速まる。

ブライアスが合図し、メイド達が入室してきた。

美しいティーカップにとくとくと注がれる明るい綺麗な色の紅茶から、ふんわりと果実に似た甘くてほっとする香りが立ち昇る。

(あ、これも普段キャサリーゼ様といただいているものだわ)

学生時代にお薦めしたら、彼女はアンジュと甘いものを食べる時はこの紅茶を飲むようになった。

甘い香りのものをブライアスが好む印象はない。もしかしてこれもわざわざ聞き出してくれたのだろうかと隣を盗み見ると、使用人達に下がるよう命じた彼の目がふっとアンジユに戻る。

「さ、食べようか」

「は、はい」

微笑みが心臓に悪くて、アンジュはそうとしか言えなかった。

食べていれば緊張感から解放されるかもしれないと期待して、紅茶とケーキを楽しむことにした。

だが、ブライアスはケーキと紅茶を数回口にしたのち、頬杖《ほおづえ》をついて隣のアンジュを楽しそうに見つめてきた。もう、気になるくらい真っすぐ眺めてくる。

しかも無言ではなく、この数日何をしていたのかと珍しくアンジュからの話を聞きたがった。

「相変わらず読書家なんだな。俺もエビラーの新作は読んだ」

「えっ、そうなのですね」

「あとで感想会でもしようか。それで昨日は？」

「え、あ、その」

ブライアスに感想会の誘いを受けて動揺した。

「昨日も一昨日と同じく、父と兄の書庫でいつも通り本を読んでいました。……それだけです」

本当は、ダグラスが『弟よ！』と、妻を連れてやってきて晩餐会《ばんさんかい》があったのだが、媚薬の件があって彼の名前は出しづらかった。

家族がいたので小瓶のことを彼に尋ねるタイミングだってなかった。

身体には害のない薬だと彼は語っていたが、効果が抜けない副作用について聞きたかったのにもったいないことをした。

話をしている間にケーキも食べ終えた。

（美味しかったけど、味のほうは記憶にあまり残ってないわ……）

紅茶を飲み、隣からの視線を今度は気付かないふりに努める。

二人の茶会は定期的にあった。

でも、いつもと空気が違いすぎて落ち着かない。

「何か、また勘違いしているだろう」

ふうと小さく息をもらしたブライアスの声に視線を持ち上げると、頬杖をついた彼がそっと手を伸ばしてくる。

「また、とは……？」

「君は執務の手助けでも鋭い指摘をしてくるのに、鈍いところもある――まぁ、そこも可愛いんだが」

彼の手が頬をすりっと撫で、アンジュは心臓がばっくんとはねた。

まさか、触れられるとは思っていなかった。ブライアスの表情は『やれやれ』と言いたげなのに、眼差しと撫でる指先には愛情を感じる。

「お、おやめになって」

ティーカップを置き、彼の手から距離を置く。

「なぜ？」

「それは、近い……からです……」

こんなの、どきどきして心臓がおかしくなってしまう。

「婚約者なのだから普通だろう」

彼の指がアンジュの肩の前にかかっている茶色の髪を、指に絡めた。

まるで本当に恋人同士みたいだ。

ただのありきたりな髪色だと少し気にしていたことが、彼が触れてくれていることで溶けていく感じがする。

「ですが、その……婚約者同士なら普通でも、私はなったばかりですし加減してくださると助かります」

「加減はしている。愛らしい頬、そして髪の感触を確かめているだけだ」

「で、ですから、その言い方も含めてどきどきするので自重して欲しいと言いますか」

「君をどきどきさせているのなら、大いに結構。これからのためにも、慣れてもらわないといけないからな」

彼が頬杖の腕を解いた。手が、今度は色っぽい仕草《しぐさ》でアンジュの唇の横を撫でる。

口の端をかすった指先に、じんっと甘く痺れる感覚を受けた。

「こ、これもどきどきさせる作戦ですか？　困ります」

「俺はまだ何もしてないぞ」

彼は不敵な笑みを浮かべたが、その笑みはどうしてか甘々に見え、同時にアンジュは自分がキスを思い出したことが悟られていると分かって恥ずかしくなった。

「どきどきするから、嫌？」

「……そう、です」

「俺は大人になった君をもっとどきどきさせられないか、考えている」

たまらずアンジュは恥じらいに目を伏せた。

見つめ合っていたら彼が魅力的すぎて、今後自分が困る事態に気持ちが傾いていく予感がした。

これまでのように望みがないという態度をしてくれないと困る。

とてもどきどきしていた。いやらしい空気はないのに胸は高鳴り、次にどうするのだろうと期待して心拍は上がり——。

（私、今……彼の周りを取り囲んでいた美女達と同じだわ）

彼に女性としてどきどきされたいと望んでいる。媚薬のせいなのに心は揺れ、そのどきどきさえも好ましいと感じている。

「――加減して進めるつもりだったんだが。そう可愛い反応をされると、厳しいな」

小さな声がぼそりと聞こえた。

見つめ返したアンジュは、ブライアスに顎をつままれた。彼の美しい顔が近付いて、息が止まる。

身構えた一瞬後、彼の唇が触れたのはアンジュの頬だった。

唇ではなく、頬へのキスだった。離れていく唇を呆気《あっけ》に取られて見つめていたアンジュは、彼の意地悪な笑みに真っ赤になった。

「なんだ、キスを期待したのか？　それなら、しようか？」

「し、しませんっ」

「それこそ婚約者らしい触れ合いだと思うが」

「ブライアス様！」

恥ずかしさのあまり普段にはない大きな声が出た時、ノック音がした。

「殿下、そろそろお時間です」

「もうか」

入れと彼の許可を受け、護衛騎士が遠慮がちに扉から顔を出した。

「例の将軍らが到着されまして。セスティオ様では、足留めも難しいだろうと陛下が」

予定より早い到着だったようだ。

ブライアスが残念そうな息を吐いて、今日の茶会は終わることが告げられた。

すると王宮の使用人が現れ、立ち上がったブライアスに軍仕様のマントを着せた。護衛騎士が合図して、廊下からレナも入室してくる。

「待機するはずではなかったの？」

「注目が集まっていますし、お嬢様が心細いといけませんから」

嫌でも視線が集まる王宮内で、彼女が馬車乗り場までついてくれるのは心強い。

でも、ブライアスはやはり忙しかったようだ。

アンジュはあっという間に正装に整えられた彼を躊躇いがちに見る。すると彼が自分で黒い手袋をはめつつ、視線を返してきた。

「すまないな。俺が送り届けてやりたかったが、軍事関係だとセスティオは舐められるからな」

彼が溜息交じりで言った。

「仕方ありませんわ。現場を知らない相手では満足しない者もいると聞きますし」

国王や王妃も、ブライアスが剣に興味を持ってくれたのは結果としてよかったと話していた。

趣味程度で収まるかと思ったら、彼は十六歳で軍の世界に参入した。

実力だけで部隊まで持つに至ったのもすごいことだ。多才な人であると、アンジュは日々感心させられたものである。

(多才であるからこそ陛下に次いで今は忙しくされていて……それなのに、私のために時間を空けてくれたのだわ)

二人で言葉を交わしながら部屋の外に出る間も、アンジュはブライアスに頼もしさとときめきを感じていた。

「ああ、そうだアンジュ」

「なんでしょう？」

別れ際、護衛騎士の三人にアンジュとレナを馬車まで送るよう指示したブライアスが、ふと思いついたみたいに足を止めた。

「子供ではないのだからといって一人で出掛けて、自分の侍女を困らせるような真似《まね》は君はしないと思うが――」

「そんなことしません」

少しむっとした。彼は婚約者だとか、大人としてどきどきさせることを散々いいながら、子供扱いしていないだろうか。

成人したからと浮かれてハメなど外さない。

王太子の婚約者である自覚をもって行動するつもりなので、ブライアスにそう心配されるのは心外だった。

「その代わり、今度デートでもしよう」

「え……?」

「学校も卒業して時間ができたんだ。成人済みなら、夜の観劇も行かれる」

想定外の誘いにアンジュは目をゆるゆると見開き、実感が追いつくなり心臓がばくばくした。

(嬉しい——対等の大人として、私、今彼に誘われているんだわ)

媚薬のせいだと分かっていても、レディとしてブライアスに誘われていることにアンジュの胸は喜びで騒いだ。

ブライアスは、花嫁候補である自分には興味がない。

きっとそんな日は来ないのだろうなと、憧れを胸に秘め続けた十三年間だった。

言葉が出ないくらい嬉しい。

「夜の観劇、興味がある?」

「は、はい、それって有名なデートスポットでもあると友人が——あっ」

ブライアスの目が『可愛い』と言うみたいに、微笑む。

アンジュは心臓がどっとはねる。彼とデートだと一瞬浮かれて、嬉しがってしまったのも悟られてしまった。

「……も、もう行きますね。素敵なケーキをありがとうございましたっ」

アンジュは咄嗟にスカートを翻すと、左右からスカートを握ってその場から逃げた。後ろから「お嬢様っ」と慌てるレナの声が聞こえた。

◇◆◇

離れていくアンジュを見ると、とブライアスは護衛騎士達に『三人行け』と指で指示の合図を出した。三人が命令通りあとに続く。

「も、申し訳ございません、王太子殿下」

レナが頭を下げる。

「よい」

アンジュの後ろ姿を見つめたまま、ブライアスはレナに姿勢を楽にするよう手振りでも伝え、口元にふっと笑みを浮かべる。

「本当に、彼女は可愛い」

一度口にしたら、あっさりと出せるようになった言葉。どうして過去の自分はあれほどまで気にしていたんだろうなと、今となっては不思議に思えるくらいだ。

自分の本音を口にするたび愛おしさが込み上げた。

ああ、心から好きだ、と。

「ふふ、そうでございますね」

「危険があった場合は、――覚えているな？」

「はい。何か気になることがありました際にも、すぐご報告をいたします」

「ああ、くれぐれも見ていてくれ」

直接話したくて呼び出した。レナが気を引き締めた顔で「もちろんでございます」と答え、アンジュを追いかけていく。

誕生日会の日、ブライアスはアンジュの寂しげな笑顔を見て背筋が冷えた。

ブライアス以外の男に嫁ぐ覚悟は、本気なのだと。

本気で王都を去る気なのだと感じて世界が終わったような気持ちになった。彼女と話さなければと、好きだと伝えなければと葛藤した。

彼女の気持ちが、少なからずまだ自分に向いていたことも嬉しい。

（彼女の心を摑まえてみせる）

他の男に目を向ける余裕もなくなるほど、自分でいっぱいにしなければ。ブライアスは結婚に頷いてもらえるよう頑張ろうと改めて決意した。

最後の軍事の会合を経たのち、ブライアスはようやく自分の執務室へと戻れた。

入るなり、待っていたらしい父の側近達がさっと近寄る。

「婚約後のお茶はいかがでしたか⁉」

わざわざ待機していたのか、物好きだな、なんて思ってしまうのは彼らが野次馬《やじうま》のごとく見守りたがるからだ。

昔からそうだった。アンジュと庭園にいる時も、建物の上や茂みからたくさんの者達が覗き込んでいて子供だったブライアスも呆れた。しかも時には国王も紛れているのだ。

とはいえ、今のブライアスはとても気分がいい。

「まぁ、そうだな――最高の休憩だった」

ついふっと笑みがこぼれた。仕事も普段よりこなせそうな気がしている。それくらい、彼女と恋人同士みたいに堂々と過ごせる時間はいい。

すると、なぜか側近達だけでなく待っていた者達まで残念がる吐息をもらした。

「なんだ」

「とすると、健全な休憩だったということでございますよね」

「はぁ。媚薬作戦がダグラス様から出ましたのに、失敗に終わるとは」

「その件に関しては貴殿達をまだ許していないからな」

部下の一人にマントを預けたブライアスは、悔しがる側近の一人に『こいつめ』と表情に出してしまった。

「必要なことですぞ！」

執務席に腰かけても側近がうるさく言ってくる。

「そんな手伝い必要ない」

「既成事実ですぐ結婚に持ち込めましたのに！」

「そうすれば今頃結婚発表でございましたぞ！」

羽ペンを握ったところだったブライアスは、その先でうっかり書類を破った。

「……吹っ切れるきっかけをくれたことには感謝するが、俺がどれだけ苦労したと思っているんだ」

正直、さすかのブライアスも理性が持っていかれかけた。アンジュに飢えに飢えていた男に媚薬を与えるなんてとんでもない危険は、今後は金輪際やめて欲しい。

（つい、美味しそうで胸元の媚薬を自分から舐めてしまった）

ダグラスの作戦がある意味大成功してしまったのは、自分がそれだけアンジュに飢えていた自覚もある。

想像を掻《か》き立《た》てる彼女の豊かな胸の谷間と、濃厚な媚薬の香り。純真な彼女が婚活のため高級媚薬をこんなふうに使うんじゃないかと想像したら、それだけで彼女のすべてを奪いたくなった。

あの場で自分本位に奪ってしまうことだけは我慢できてよかった。

弟にツンと言われようと、これまで積み重ねてきた我慢の経験が、結果としてあの時の彼を救った。

その弟であるセスティオには、あとで詫びられた。

媚薬は茶会の席でダグラスが渡していたそうだ。アンジュも『大好きな伯父』のことを思って言えなかったのだろう。

相変わらずとんでもない男だと思って呆れたものの、ダグラスが愛しい姪《めい》の相手にと認めてくれているのは分かった。

それはブライアスにとって嬉しい事実でもあった。

国王の友でありアドバイザーにもなっている彼は、散々『賢くない男には渡しません』と手厳しかったから。

「見ていて本当に焦《じ》れったいのですよっ」

「あなた様がアンジュ嬢を好きすぎるのは、もうほとんどの国民が知っていると言っても過言ではありません」

気を取り直して執務を再開した矢先、聞こえてきた側近達の声にブライアスは『まだ帰らないのか』なんて思ってしまった。

「誕生日会でも心配する者が続出し、あなた様が無事かどうか問い合わせてきましたぞ」

「それは……知らなかったな」

ショックで目の前の仕事をどうにかこなすことに精一杯だった。

「殿下はご結婚したくないのですか⁉」

室内の者達の意見が揃う。

ブライアスは、大きく身に飛び込んできたその言葉にプツンときた。思わず執務机に手を置いて立ち上がる。

「俺はアンジュが心底好きなんだっ、好きだと言ってもらっての結婚がいいのに決まっているだろう！　だから大人しく見守っていてもらえないか？　今が大事な時なんだ、騒ぎ立てて邪魔するなよ、いいな？」

つい、そう本音で言い返していた。

「王太子殿下、健気《けなげ》でございます！」

「もちろん大人しくします！」

「何かありましたらすぐ助力できますよう応援しております！」

普段は職務に忠実な騎士達まで、そう言ってきたのだった。

三章

お茶のあと、一日を置いたその翌日の夜、ブライアスが迎えに来てアンジュは彼と一緒に出掛けることになった。

彼は別れの際に告げた通り、夜の観劇のチケットと共に誘いの手紙を送ってきてくれた。

今日までアンジュはどきどきしっぱなしだった。

(夜に舞台を見に行くのは初めてだわ)

昼間の観劇であれば母ともよく行っていたが、大人限定の夜の舞台は初めてだ。

会場は、夜だと雰囲気さえとても違って見えた。

到着して驚いたのは、空間がまさに大人の紳士淑女一色だったことだ。

それでいて演目はかなり恋愛要素が濃く、周りは家族でというよりは夫婦や恋人で来ていていちゃつく姿が多くあった。

しかも舞台では、恋人との感動の再会シーンにキスもあった。

アンジュはそれを見た時『演劇なのにそこまでしちゃうの⁉』と大人用の観劇に胸がば

くばくしたし、暗転目前のベッドシーンに入るであろうと思われる演技には目を覆いたくなった。

隣のブライアスから意味深なシーンで手を握られたのも困った。

とにかく両方の意味でどきどきして、胸が休まる暇がない。

そのたびブライアスは、アンジュの反応が可愛いと言わんばかりに甘く妖艶に微笑みかけるのだ。

(彼から、大人のレディとして扱ってもらいたいと願望を抱いたことはあったけれど……これは、まずいわ。心臓がもたない)

舞台で演劇の後半が演じられている中、ずっと手を握られてどきどきしていた。

好きだと態度で伝えられるのが、胸をきゅんきゅんさせて、アンジュは舞台への集中も半分くらいしかなかった。

面白かったけれど、キスシーンも多くて平静でいるのも難しくて。

「——君が意識してるの、可愛かった」

「えっ、ン」

舞台が暗転したタイミングで、隣のブライアスに唇を奪われて心臓のどきどきはピークに達した。

誰もが舞台のほうに注目し感想を言い合いながら拍手をしている。

そんな中でブライアスからされた大人のキスは、アンジュの胸に甘いときめきを刻み付けた。

親には言えないいやらしいことをしたわけでもないのに、その夜はうまく寝付けなかった。ベッドに横になると「ほぅ」とうっとりとした吐息がもれる。

ブライアスがさらにかっこよく見えて胸が苦しいほどだ。

興奮状態で目が冴《さ》えていたが、どきどきしすぎたせいもあって気付けば寝入っていて、アンジュは睡眠に満足感を覚えて目が覚めた。

まだ胸には昨日の余韻が残っていて、今日は少し落ち着ける時間がありそうだと思った。

だが、午前中にブライアスが近くに寄る用事があったとのことで、わざわざアボット・ティンカー店のケーキを持ってきた。

「昨夜は、共に観劇へ行ってくれてありがとう」

「っ」

観劇のお礼であればアンジュがすべきなのに、彼は土産を渡したうえ、最後は手の甲に口付けてそう告げた。

軍服の礼装もあって、舞台俳優以上にきらきらと輝く騎士様だ。

「最高の夜だった。また、二人の時間を過ごせたら嬉しい」

トドメの文句まで完璧だった。

そのおかげでアンジュは、昨夜と同じ悶々とした気持ちが午後も続くことになってしまった。予定に入っていた母とその友人の夫人達のお茶会でも散々面白がられた。

「なんなの彼っ、どうしてあんなにかっこいいのっ」

「お嬢様、とうとうお認めになられましたね」

帰宅してドレスを室内で過ごしやすいものに着替えてすぐ、ソファでクッションに顔を押しつけたアンジュに、レナが苦笑する。

「お、お母様のお茶の席で赤面をさらしてしまって恥ずかしいわ……」

「それだけ夫人の方々もお嬢様のことが嬉しいのですよ。婚約の祝福をいただいてよかったではありませんか」

「それは……」

事情があるの、とはレナに打ち明けられなかった。

「……子供っぽいと言われてもいいわ、今の彼は私には刺激が強すぎるの」

アンジュはクッションを抱え、熱くなった顔の下半分を隠す。

周りの人達は『王太子の相手候補なのだろう』と察して、アンジュに露骨な好意のアピールも控えてきた。

これまでされたこともなかったから耐性がないのは自覚している。

（あんなふうに全力で女性扱いされたら、……どきどきして困るわ）

媚薬の効果で恋をしているという気持ちになっているブライアスに、心の中で文句を言った。

どんな女性でさえ惚れてしまう、美しくて完璧で優秀な王太子様。

さらにいつもアンジュの前でしていた不機嫌そうな表情とはギャップのある甘い紳士的な微笑みで、全力で口説いてくる。

その余裕たっぷりの姿勢は、媚薬の効果なんてないのではないかと時々錯覚してしまうほどだ。

（………全部媚薬のせいだから、好きになってはいけないのに）

媚薬の効果なんてなくて、好きでいてくれているんじゃないかと夢を見そうになる。

彼と向き合っているとどきどきして、ぽうっとなってしまって。

いけないと思うのに、彼からのケーキや、観劇から送り届けられた際の『気を付けて』というさりげない優しさだけでも心が惹かれる。

悪い予兆だとアンジュは思った。

（諦めを自分に突きつけるためにも、成人の日に彼へ『私と結婚する必要はない』と意思表示したのに）

共に育ってきた年上の王太子が、君に夢中だと全身全霊で告げてきて困る。

いつ、媚薬の効果は切れてくれるのだろう。

けれど切れたら切れたで自分はきっとショックを受けるんだろうなと、アンジュは予感に胸が軋《きし》んだ。

「お父様、ダグラス伯父様は……？」

ブライアスが来たその日の夜も、アンジュは食事の席で、父にそれとなく所在を尋ねた。

「あいつは忙しいからなぁ。私もティーサロンでも見かけていない。次の外交が入るまでに会いたいという希望も殺到しているらしいぞ」

「そう、でございますか……」

数ヵ月ぶりの帰国となった彼と話したい相手も多いだろう。妻も事業をいくつも成功させている商才を持っていて、夫婦揃っているのならとくに招待したい人も殺到するはずだ。

それに今、アンジュは王太子の婚約者だ。

もし社交で隣町といった別の土地に行っているのだとしたら、所在が分かったとしても話を聞きに行くのは難しい。

無理に会おうとして父に勘ぐられるのも避けたい。

（挨拶が落ち着いたら王都の屋敷にいてくれるかもしれない。それまで待つしか……）

「何か話したいことでもあったのか？」

「いえっ、せっかく帰っていらしたのに一度しか会えなかったものですから、どうされているのかなと思っただけです」

アンジュはぎこちない笑みではぐらかした。

「ふふっ、アンジュは本当に懐いているわね。あなたをあやして面倒をみてくれていたから、当然そうなるわね」

くすくすと笑った母に、父は「私は妬《や》けるなぁ」なんて言った。

アンジュはその幸せな光景に胸が苦しくなった。王太子を薬でおかしくした、なんて知られたら家に迷惑をかけてしまう。

誰にも、相談できない。

(唯一、事実を知っているのはダグラス伯父様——いえ、彼だけじゃないかも)

当時の光景を思い返したアンジュは「あっ」と声が出た。

隣の兄が、珍しいなと片眉を釣り上げる。

「まだナイフを入れているのに。何か急に思い出したのか?」

「すみません、なんでもないのです」

アンジュはおほほ……と笑って誤魔化す。

どうして思い至らなかったのだろう。

アンジュにはもう一人の幼馴染みがいる。第二王子セスティオだ。

彼は、ダグラスが同席していた茶会にいた。思えばダグラスが小瓶を出した際、セスティオの様子はおかしかった気がする。

（いえ、たぶん、あれは媚薬だと気付いたのだわ）

深く回想すると、ダグラスに向いていた彼の表情は『まさか媚薬ではないですよね？』というものではないのか。

（相談、してみようかしら）

セスティオのことだから、そうだとしたら絶対にダグラスに確認しているはずだ。

とにかく、アンジュが一人で考え続けるのも限界があった。

誰かに聞いて欲しい――そう思った時、母の顔がアンジュへ向く。

「王妃陛下に久しぶりにどうかと誘われて、お茶をすることになったの。あなたも行きましょうね」

「……はい」

これまでだったら確認されるだけだったが、ブライアスと婚約したので呼ばれるのは当然の流れ。そう察しアンジュは一瞬息が詰まる。

王妃が主催する女性達の茶会も、個人的なお茶の席も好きだった。

でも今、アンジュは言えない媚薬のことで胸が苦しかった。

◇◆◇

迎えた王妃の茶会の当日、アンジュは朝から母と外出の支度に追われた。

前日までに用意されたドレスを着せられ、飾り帽子と白い手袋、そうして庭園で必要になるレース付きの日傘を持って母と共に王宮へ向かった。

公爵家の馬車は、王族に招待された者達だけが入れる王族区の庭園側に位置する、プライベートの白亜の門をくぐる。

そうすると美しい東屋《あずまや》と、広々として迷路状にデザインされた庭園が広がった。

「よく来てくれたわね」

下車して護衛騎士に案内されると、東屋から王妃が手を振って二人を歓迎して迎えた。

用意されていた円卓につくと、テーブルの上に用意された紅茶や菓子を前に華やかなお茶とお喋りの時間が始まる。

昔からタイミングが合えば、王妃とも気軽にこうして紅茶を一緒に飲んだ。

いつも多忙な勉強の息抜きに、アンジュにとって楽しい一時だった。

でも今は心苦しくて、アンジュは自然と口数も少なくなる。

「キャサリーゼは妹夫婦のところへ行っていて、今日は来られなかったの。セスティオは恋愛本尽くしの話題になりそうだと、ぼやいていたわね」

王妃がくすくすと笑う。

セスティオ、とアンジュは心の中でその人を思い浮かべた。

（とすると、しばらく会うのは難しそうね……）

今なら少しだけでも会えないかと期待していたのだが、タイミングが合わなかったみたいだ。残念に思い肩が落ちる。

「ほんと、ブライアスが結婚を決めてよかったわ」

「ようやくの決意表明ですわね」

「まさにその通りよ」

王妃がアンジュの母と顔を突き合わせ、またしても上品に笑い合う。

「あなたが娘になる日を楽しみにしていたのよ。嬉しいわ」

「あ、ありがとうございます……」

身構えていた話題に申し訳なさが先行し、居心地が悪くなる。

「イスタフ公国の大使を覚えているかしら？」

「え？　あ、はい。昨年も王宮で彼の名前はよく耳にしていました」

「一番急成長中の貿易相手ですもの。ふふ、あなたが通訳してくれたおかげで友人もたくさんできたこと、ずっと感謝しているわ。今度ぜひあなたも交えてお話ししたいそうよ」

王妃はさりげない話題のように口に出したが、それは国交に協力して欲しいという要請だ。

王太子の婚約者であればますます対面して損はない。

現在、このクロイツリフ王国が注目している急成長中の国なので、外交の意味合いも兼ねて引き合わせて欲しい貴族も多いだろう。

だから王妃が話を持ちかけたとすると、アンジュに断る余地はない。

それが、ブライアスの婚約者として出なければならない初めての社交の場になってしまうとしても。

「は、い……私でよろしければお力になれれば、と思います」

「よかった！　実はね、今週末に到着する彼らのためにパーティーを――」

王妃が楽しげに話す声を、胸が痛い思いで聞く。

国王も王妃もアンジュにとって大切な存在だった。昔から彼らの役に立てるのが嬉しかった。

でも、今は活躍してしまっていいのか迷いがある。

少し頭を働かせると、ブライアスのことが浮かんだ。

（媚薬が切れたら婚約していることに驚くでしょうね……）

彼が婚約破棄できるよう、隙は残しておいたほうがいい。

だからアンジュは婚約者としての活動は控えていた。

想定外だったのは婚約を進めたブライアスの態度に、周りの誰もが『変だ』とは思っていないことだ。

嘘の愛の言葉、そう考えると、つらい。

なのに日に日にブライアスのことを考えるたび、甘く切なくなっていく自分の胸にアンジュはどうしていいのか分からなくなる。

彼を目の前にしたら現実を忘れてしまいそう——。

「そうそう、今日のお茶にあなたも招待したと言ったら、ブライアスったら慌てて休憩時間を作ると言っていたわ。暇ができ次第迎えに来るそうよ」

「えっ」

(仕事中なのにわざわざ？　時間を作るの？)

アンジュは疑問符がいっぱい浮かぶ。

昨日までも時間ならたくさん作ってもらっている。それにアンジュが記憶している限り、ブライアスは勉強もそうだったが仕事を中断する人ではなかった。

とにかく真面目な人で、アンジュがじっと見ていたらますます精を出していた。

彼に見合うように自分も頑張らなくてはと、その姿にも憧れを抱いて——。

「ああ、いた」

嬉しそうな声に耳が熱を持ち、アンジュはハッと顔を向けた。

王妃が顔を振り向け、そこにいたブライアスに「あら」と言う。

「ブライアス、早かったのね。まだ始まってそんなに話せていないわ」

「あなたに一人占めされては叶いませんからね」

歩み寄ってきたブライアスがアンジュの母にも挨拶し、それからアンジュを愛おしげに見つめてきた。

二人の母が「まぁ」と微笑ましげな声をもらす。

アンジュは恥ずかしくなってきた。だが視線を下げる隙も与えず、ブライアスが王妃にすぐ告げる。

「母上、アンジュを庭園へ連れて行っても？」

「ほほほ、好きになさい。いい夫婦になりそうねぇ、楽しみだわ」

「そう思ってくださっていて嬉しいですよ。いい夫婦になりますので、クラート公爵夫人も末永くよろしくお願いします」

「ふふふ、嬉しいですわ。娘をよろしくお願いしますね」

言いながら母に急《せ》かすように席を立たされてしまったアンジュは、二人の前でブライアスに手をぎゅっと握られて真っ赤になった。

庭園を歩くことになった。

アンジュは日傘を差し、ブライアスと片手を繋《つな》いで足を動かす。

彼は普段からさりげなく歩調を合わせてくれていたが、今日はその配慮もやけに強く感じ取れて心が落ち着かない。

東屋に設けられた王妃の茶会用の席から続く庭園は、王族専用とあって美しい。

迷路状になった高さのある生垣は、刈り込まれて美しい線を描き外からの視線を遮って解放感を与えた。

所々に存在している白い像、開けた場所には見事な花壇がある。

「母とどんなことを？」

「えっ、あ、そうですね、まずは久しぶりに私の母とお茶ができたこと、それから婚約の話題も上がっていました」

王家が招待した者しか見られない光景だから、アンジュは王宮での勉強が始まってからずっとその特権でここを見て回るのが好きだった。

眺めれば心を癒やして落ち着けてくれる場所だったけれど、今は効果がない。

「喜んでいただろう」

「はい」

「俺も、君がここに住む日が待ち遠しい」

急に甘い台詞を入れられ、どうにか息を止めて自分の赤面を防止する。

媚薬の効果だと分かっていても、その言葉は嬉しすぎた。彼に結婚を望まれればと願った情景が脳裏に蘇《よみがえ》る。

どきどきして、その心音が手から伝わってしまわないよう祈った。

「他にはどんな話を？」

どこか期待するような、楽しげな視線が横に滑ってくる。

あ、とアンジュは思い出して、今週末のパーティーへ同伴出席する旨を王妃には答えたことを教えた。

イスタフ公国の大使が話したがっているのでそれも引き受ける、と。

王太子の婚約者として期待されているのだとしたら緊張するが、きっとやり遂げますと宣誓するように告げた。

「私にどこまでできるか分かりませんが、お力になれるように頑張ります」

「君がいれば心強い」

力強い言葉がきっぱりと返ってきて胸がはねた。

「俺が誘っていいか判断がつかなかったが、……母には感謝だな。共に出席できることが嬉しい、ありがとう、アンジュ」

隣から笑いかけられて、喜んでいる彼の濃いブルーの目に、アンジュの胸がぐっと甘く締め付けられる。

（嬉しい。彼、私の能力を買って頼っていると言っているわ）

一目置いてくれていると、信頼しきった穏やかな表情からも感じられる。

「君ならイスタフ公国の者達を、緊張せずとも素晴らしく接待できてしまえるのだろうな、外国語は外交官も聞《き》き惚《ほ》れるほどだ」

歩く彼は何気なく語っているみたいだが、嬉しさが胸の底から込み上げてアンジュはたまらない気持ちになった。

ブライアスに褒められるなんて思ってもいなかった。

アンジュが見本としたのは、いつだって十歳年上の王太子であるブライアスだ。

彼も同じくイスタフ公国の言葉は堪能だった。彼は出会って以降は剣にも本格的に打ち込んだが、知識も語学もどんどん習得していった。

机にかじりつきだったのに自分以上に他の国々の言語を理解する才能も、アンジュは妬《ねた》ましく思ったほどだ。

もしかしたら王太子妃になるかもしれないという重圧は感じていた。

勉強は好きではなかったが、王宮で始まった妃教育がつらいものでなくなったのは、ブライアスと同じ場で勉強をしたおかげだ。

優秀で素晴らしい彼に少しでも追いつきたい。

どんどん先へ進んで届かない人だが、彼を支えられるくらい立派な大人になれたらなと憧れて――。

（パーティーの時もそうだったけれど、他の女性には紳士でいられるあなたの姿を遠くから眺めて、私が何も感じないとでも思っているのかしら？）

ただ、背伸びをして大人になろうとしただけだ。

アンジュは視線を足元に落とした。

そこには彼女が差す日傘の影が映っている。子供の頃には持つことができなかった、レディのアイテムだ。

ブライアスはこんな日傘どころか、流行のドレスや豪華な装飾品も似合う大人の女性達にいつも囲まれていた。そうして彼女達は彼の素晴らしい話術に夢を見て、うっとりと頬を染めた。

（羨ましいし、私もされたかった）

彼はアンジュには大人のレディ扱いをしてくれなかった。

何年も年齢差を見せつけられて、アンジュは疲れ、諦めてしまった。それが今こうして彼と一緒に二人で庭園を歩いている。

夢みたいな時間だと思った。

もしかしたら媚薬はきっかけに過ぎなくて、好きでいてくれているんじゃないかと勝手な夢を抱いてしまいそうなくらい。

「アンジュ」

その時、ブライアスに不意に抱き寄せられた。

持っていた日傘がぱさりと落ちる。彼のたくましい腕の中に閉じ込められ、アンジュは悲鳴が出そうになった。

女性として彼にどんどん心が惹かれるのを感じる。急にこんな甘いことをするのはやめて欲しい。

「は、離っ――」

「し」

ブライアスに口元を手で覆われた。真面目な彼の横顔にハタとしたアンジュは、進む先の通路に人の姿があることに気付く。

そこには国王と、数人の貴族達がいた。

一緒にいる何人かは、見覚えがある大貴族だ。

「笑顔だけど……陛下、どこか気を張られているみたい」

王族の専用庭園なのに歩きながら彼が話しているなんて珍しいことだ。余程個人的な相談でもしているのだろうか。

アンジュは気になったが、ブライアスが別の通路へと進みだした。

「あのっ、今の陛下、少しご様子が。何か悩んでいらっしゃるのなら力に――」

「俺達が加勢できることはない。国王の考えと行動に聞き耳を立てていいと思っているのか?」

もっともな意見だった。

ブライアスは何か事情を知っているらしい。どうやら込み入った理由もあってここで話をしているのだろう。

まだ結婚もしていない王太子の婚約者が首を突っ込んでいいことではない。

突き当たりを曲がったブライアスが、足を止めて、アンジュの姿を向こうから隠すようにまた腕の中に囲い込んだ。

「君の口をしばらく塞いでおこうか。そのほうが陛下の邪魔をしないで済むし、君があちらを気にして庭園を楽しめないことも防げる」

「えっ?　いえ、ここ外ですし、私はキスなんて——」

慌てて両手を顔の前で振っている間にも、ブライアスが覗き込んでくる。

「俺がただしたいと言ったら?」

ずるい、とアンジュは思った。

彼が唇を寄せてくる。今度はアンジュも抵抗なんてせず——生垣によってできた細い日陰の中で、二人の唇が重なった。

「……ん……んっ、ぅ……」

触れてくる唇は優しくて、身体ごと蕩けていってしまいそうになる。

（こんなブライアス様、知らない……）

庭園はそよぐ風の心地いい音に包まれている。艶っぽく唇を吸われる音が、より耳の奥に響いた。

ブライアスが片腕で強く抱き、アンジュの後頭部に手を滑らせる。

唇を開かれて、ぬるりと舌が入り込む。ビクッとした彼女の引っ込む舌を彼は舐め取ると、巧みに彼女自身に差し出させようとする。

「んんっ、ん……っ、んっ……」

二人の淫《みだ》らなキスに腰が震える。身体から抵抗する力がすべて抜けた。

気持ちよくて恍惚《こうこつ》とした。何も、考えられない。

気付けばアンジュは、そろりと彼に舌を伸ばしていた。

「いい子だ……」

キスの合間の囁きに胸がきゅんっとした。

ブライアスのキスはもっと深くなる。

咥内を味わわれ、まさぐられてくらくらする。先日果てさせられたような甘い痺れをお腹の奥に感じた。

すると、不意に舌をぢゅっと吸われてアンジュはびくびくっと背を震わせた。

身体の中心にまで快感が走り下りたような感覚。

「も、だめ……」

思わず手で顔を押して。唇を離す。だがその手をブライアスに一まとめに握られ、下ろされた。

「まだだ。君が、まだまだ足りない」

「んっ」

強引に唇を奪われる。あの気持ちのいいキスを続けられて、足がぶるぶると震えた。

（あ、だめ、もう立っていられない……）

かくんと膝が崩れたら、ブライアスが唇を離さないままアンジュと一緒にその場に座り込んだ。

ブライアスがアンジュの背を生垣にもたれかからせ、腰を自分の膝の上に乗せ上げて口《こう》腔《こう》の奥までキスをする。

「——アンジュ。可愛い、アンジュ」

彼がキスの合間に言う。ぴくっ、ぴくんっと時々身体がはねるが、もうアンジュは声さえ出ない。

（あ、またくる、甘い感覚が口からお腹に）

いつの間にかブライアスに腰を両手で掴まれていた。開脚した脚を彼の膝の上へ強く押しつけられ、揺らされると中心部が一際強めに収斂した。

「んんぅっ」

びくびくっと下半身が甘い痺れで痙攣した。

長いキスがようやく終わった。アンジュの濡れた唇の唾液を親指で拭い、ブライアスが口の端にちゅっと吸い付いてくる。

「可愛いな。可愛いよ、アンジュ」

彼は顔にキスの雨を降らせていく。

「は、恥ずかしいので、もうやめてくださいませ」

アンジュは呼吸をどうにか整えながら両手を彼の胸板に置いたが、力は入らない。

「やめない」

「もう、キスはいいでしょう？」

「唇へのキスと、このキスは違うものだ」

何がどう違うというのだろう。

そう思ったアンジュは、首筋に吸い付かれた。

「あっ……あ、ブライアス様……」

ブライアスはそこから胸の谷間までキスをしていく。肌を這う唇と舌の感触が心地よくて、アンジュは喉をのけぞらせた。

「君が好きだからしていることだ。やめられるはずがない」

襟元沿いの肌に吸い付かれて、胸がうるさいくらい甘く高鳴る。

「これでも我慢してる。本当なら、あの日のようにもう一度君に触れたい」

ドレス越しに彼が膨らみに甘く歯を立てる。先端部分を歯でカシカシとこすられると、心地のいい快感が鈍く起こった。

(このまま彼に、好きなだけ触ってもらいたいわ……)

アンジュは喘《あえ》ぎながらブライアスの頭を抱いた。

「なら、もっとキスしよう」

ブライアスが片手で胸の膨らみを握り、下から持ち上げるように揉みしだきながら肌に吸い付く。

「あ、あっ……ブライアス様、そこ」

「鎖骨の下を吸われるのも好きか? たまらないな。アンジュの声を、もっと聞きたい」

身体をドレスの上からまさぐられている気もするが、よく分からない。

思考がくらくらする。彼にこうして求められたい。求められている感触をもっと味わっていたいと感じる。

「アンジュ、だめか?」

ブライアスの手がスカートの上から尻をまさぐる。

かすれた熱っぽい声に、アンジュはお腹の奥がきゅんっと疼くのを感じた。見つめ返すと、触りたくてたまらない男の熱い眼差しが射貫《いぬ》いてきた。

(あの日みたいにまたあなたに――……)

ブライアスの強いブルーの目に、どきどきしてそう思った時だった。

「王太子殿下、そろそろ戻りませんと」

脇からかけられた一つの声で甘い雰囲気は唐突に終わった。

ハッと声がした方向を見てみると、そこにはアンジュも知っている王太子付き護衛騎士のセジオがいた。

(……み、見られていたんだわ)

ブライアスは王太子だ。庭園とはいえ外を一人では歩かせないだろう。

言い逃れができない密着した体勢であることに今気付き、アンジュは真っ赤になって顔を伏せる。

対するブライアスは、不服そうな顔をセジオへ向けていた。

「お前のせいでもうキスができなくなってしまった。口説き落としているところなんだぞ」

「申し訳ございません」

セジオは平然としていた。アンジュはブライアスの『口説き』発言に頬の熱さも増し、声なんて出なくなる。

(口説かれている、私が、ブライアス様に……)

心の中で状況を唱えるだけでときめきを覚えた。

「パーティーの件です。婚約者殿と出席されるのでしょう？　ですのでお立ちくださいませ。外交官の打ち合わせをあなた様が行うとお約束でした。ご結婚前に火種になりうる可能性を残すつもりですか？」

セジオが『婚約者』と強調した。

「はぁ、分かった。そう追って何度も言うな」

聞こえてくる二人のやりとりから、アンジュはブライアスが無理に時間を空けてくれたことが分かった。

(私のために来てくださった……)

アンジュのことを優先してくれたのだ。

嬉しい、そんな気持ちに包まれて頭の中がふわふわとした気分のまま、ブライアスの手を借りて立ち上がった。

「歩けそうか？　無理をさせたな、すまない」

「いえ、無理など何も」

立ち上がったのに両手を取って向かい合ったまま、ブライアスはアンジュが本当に大丈夫なのか覗き込んでくる。

その仕草からも特別に扱ってくれているのが分かる。

(先程のキスも……とても素敵だったわ)

どきどきしすぎてつい目をそらしたら「たまらないな」という声が聞こえた。

不思議に思って視線を上げると、ブライアスの綺麗な顔が迫っている。

「名残惜しいが。またな、アンジュ」

あ、と思った時には唇を柔らかに塞がれていた。

名残惜しむことを伝えるみたいに、ちゅくりと撫でられる。唇から胸へじんっとした甘さが走り抜けた。

「ええ、また……」

美しいブライアスの勝気な笑みに、ぽうっとして言葉を伝えた。

だが直後、アンジュはいつの間に到着したのか、彼の後ろに迎えの護衛騎士達がいる光景にハタと我に返り、――顔から火が出そうになった。

ブライアスが満足げに踵《きびす》を返す。護衛騎士達も微笑ましそうな目でアンジュに小さな仕草で挨拶をし、同行していった。

「こちらをどうぞ」

残ったセジオが、そばから日傘を差し出した。

「あ、ありがとうございます……」

そういえば落としてしまっていたのだと思い出した。それをセジオが確保してくれていたらしい。

アンジュはたたまれた日傘を受け取り、ちらりと彼を見つめ返す。

「あなたはどうして残ったの？　ブライアス様の専属なのに。行かなくていいの？」

「ご希望があれば、好きなところにお連れしてから王妃陛下のもとへお送りせよと、命を受けております」

いつの間にそんな打ち合わせをしていたのだろう。

とはいえ、王妃と母のお喋りの席にはまだ戻りたくない気分なので有難い。二人は話しだすと長いし、ブライアスとの話が出たらと想像すると息苦しい。

「……それじゃあ、図書室へ行きたいわ。久しぶりに本を借りようかと思うの」

「御意」

セジオが付き合うと言った。

婚約者となって王太子妃になることが確定したせいか、セジオは暑苦しいくらいそばを離れなかった。

図書室でも人の目も気にせず、アンジュにぴったりついてくる。

「あの、入り口で待っていてくれても――」

「これが仕事です」

「……そう」

セジオが過保護なくらい手を貸してきて、本選びはとても楽だった。

荷物持ちをさせたのを申し訳なく思いながら茶会へと戻ると、王妃は「どんどん使うといいわ」と言った。母はまた本かと呆れていたものの「殿下のご厚意だったら仕方ないわね」と言っていた。

そうして王妃の茶会は、アンジュが戻って少しで終了となってくれたのだった。

◇◆◇

週末、パーティーの日を迎えた。

夜になると王宮で成人を迎えた者達限定の、王家主催のパーティーが開幕となって大勢の貴族が列をなした。

大フロアは夜独特のお酒の気配も濃く漂い、それでいてなんとも華やかなパーティーだった。見事な料理が並ぶ会食用のテーブル、西側のテラス窓はすべて解放されライトアップされた美しい庭園も見える。

廊下から下りていけるその庭園は、明かりが星空のように灯《とも》されていて早速眺めている若い者達の姿も見受けられる。

内外共に賑《にぎ》わい、華やかな印象だ。

今夜招かれたのは、外交に適していると選ばれた貴族達だけだ。選ばれた家の令嬢達も、普段以上に着飾って高揚を隠せない面持ちで会場内へと進む。

会場入りした際、共に入場した両親も兄も、他の貴族達と同じく誇らしげだった。

そんな中でただ一人――、アンジュだけが人々の目を惹くほどの慎《つつ》ましげな落ち着きをまとっていた。

「やはりクラート公爵家のアンジュ嬢は違うな」

「別格ですわね。ほら、誰もが惹かれて見ていますわ」

「佇《たたず》まいだけで美しいだなんて、羨ましいですわね」

令嬢達もうっとりと眺めていく。

そんなこと、緊張で視線を下げていたアンジュには聞こえていない。

(わ、私なんかに似合うかしら)

今夜、彼女は婚約して初のパーティー同伴出席とあって、胸元が大きく開いた豪華で大人向けのドレスを着ていた。

光沢を持った深い紺色のドレスだ。上半身の線を腰まで出し、スカートはよくあるボリュームを出されたものではなく、アンジュの腰回りの体型を活《い》かしつつ膨らむ仕様のものになっている。

自分には大胆な色すぎないだろうか。ドレスの形もそうだ。

いかにも美女しか似合わなさそうな母のドレスのチョイスは心臓に悪い。

それから、髪型だって誕生日前と変わった。茶色の髪を大人っぽくハーフアップにし、艶足しのように宝石がついた髪飾りまでセットされている。

この髪型は横からも顔がよく見える。

アンジュは自信のなさで、いよいよ楽しい気持ちで入場する余裕なんてなかった。

しかも今夜は――ブライアスから誕生日に贈られたネックレスで、大胆に開いた首回りを飾っている。

大人びすぎた今夜の衣装が自分に似合っているのか、分からない。

変に浮いてはいないだろうか。悪目立ちしていないだろうかと、馬車を降りてからずっとアンジュは人の目にどきどきしている。

「おお、セジオ殿が迎えにきたな。それではアンジュ、しっかりな」

会場内を少し歩いて、向かってくるセジオの姿を見た父が、立ち止まってアンジュに声援を送った。

「あなたの話術は素晴らしいわ。自信を持って」

「はい、お母様」

「アンジュなら大丈夫だ。お前は話術だけでなく外国語も我が一族で一番だからな」

母に続き、兄にも追って励まされた。会の目的である外交への協力に緊張していると思っているのだろう。

アンジュは、護衛騎士のセジオに迎えられて家族と別れた。

彼の案内でブライアスがいるところまで連れて行ってもらう。

（……ネックレス、大丈夫かしら）

素敵だと思っていたのだが、着けた際には宝石のずっしりとした感覚とともに、この姿をブライアスへ見せることに緊張した。

成人の誕生日にお別れになるとばかり思っていた。

だから、せっかくだけれど着ける機会はきっと訪れないだろう、と。

それを今、ブライアスのために着けていることにも鼓動は速まっていく。

媚薬のせいなのに、自分を見て反応してくれる彼のことが思い浮かぶと、自然と歩みも速くなっていった。

「あっ」

出席している貴族達の間を縫うように進んでいくと、ブライアスの姿が見えた。

（白い服だわ）

軍服仕様の場合は濃い色のことが多いのだが、今夜の彼は白をまとっていた。

誠実さや毅然《きぜん》とした高貴さに溢れているようにアンジュには見えた。ブライアスの淡い金髪に、センスのいいお洒落な白い正装はよく似合っている。

身長もあるから、後ろ丈の長いジャケットはいつ見ても惚《ほ》れ惚《ぼ》れするくらい彼を見事に仕上げていた。

(普段から剣を握っているとは思えないほど美しいわ……)

よく似合うと思って、ついぽうっとして見つめてしまった。

すると、見つめて二秒ほどしか経っていないのに、ブライアスの顔がこちらを向いた。

「あっ……」

気付いてくれただけで胸が甘く高鳴る。

ブライアスが話していた国王の側近のうちの二人に別れを告げた。

にこにこと彼らに見送られながら、わざわざ迎えに向かってくる彼に、アンジュは焦った。

(ま、まずは招待してくれたことのお礼を言って、それから)

どきどきしてまとまらない頭の中を整理しようと努めている間にも、ブライアスと向き合うことになってしまった。

セジオがブライアスに頭を下げ、そばを静かに離れていく。

アンジュの前に立ったブライアスが、ふっと首元へと目を向けた。

気付いたのだ。アンジュは緊張した。とても素敵なネックレスなので着こなせていると嬉しいのだが、ブライアスの反応がやはり一番気になる。

そう心配した瞬間、彼の目が嬉しそうに細められていた。

「とてもよく似合ってる。成人した君に似合うと思って、誕生日に間に合うよう注文を入れて取り寄せたんだ」

(私のことを考えて注文を?)

アンジュは胸が熱くなった。似合うよと心から伝えてくるブライアスの微笑む目に、髪型やドレスへの緊張だって驚くほど消えていく。

媚薬を飲む前に彼がネックレスを用意した理由を知れたのも、嬉しかった。

腐れ縁でくれたわけではなかったのだ。ちゃんと、アンジュのことを考えて、選んで、そうしてわざわざ注文してくれていた。

「——素敵なネックレスを、本当にありがとうございます」

ダグラスが『本心が聞ける』と言ったのは、あながち間違いではないのかもしれない。

その言葉の甘い部分だけは、たとえ嘘だとしても。

ずきりと胸が痛くなった。けれど早鐘を打ったアンジュの胸は、ブライアスと見つめ合っているだけでどんどん熱を灯していく。

「気に入ってくれたのならよかった。今夜は、来てくれてありがとう」

ブライアスが敬意をもって紳士の一礼をする。

それを見てアンジュも慌ててスカートの左右をつまみ、礼を執った。

「あっ、いえ、私のほうこそ」

きちんと挨拶をしようと頭の中では言葉や方法を何度も思い浮かべていたのに、今夜はなぜだかうまくできなかった。

胸がどくどくと大きく鳴って、指先が震えて、言葉だってうまく出せなくなる。

——意識、してしまっている。

この緊張は出席することや外交の一端を担うからではない。

(今の彼の好意を間に受けてしまってはいけないのに、私は……彼に、惹かれているんだわ)

ブライアスに手を差し出されると、抗《あらが》えず胸をときめかせて指先を乗せてしまう。

自分に向けられている彼の今の微笑みに、もしかしたら好きでいてくれたのではないかと、淡い期待を抱いてしまっている。

「それでは、行こうか」

「はい」

微笑と共に彼にエスコートされて胸が甘く高鳴る。

自分の胸が鳴りやむ暇がないほどハンサムな言葉をかけてくれ、さらに愛おしそうに婚約者として扱ってくれていることが嬉しい。

「今夜はよろしく頼む」

人々に聞こえないよう、ブライアスが隣から囁いてくる。

「俺も、君を支えられるよう努めよう」

こちらに少し傾けられた彼の頭に、アンジュは喜びさえ感じる気がした。

(支えられているのが、私のほうなのね)

彼が隣にいてくれるのなら、なんだってできる気にさせられる。

会場を警備する礼装姿の騎士達が道を開けてくれて、ブライアスと共に真っすぐイスタフ公国の賓客達のところへ向かう。

そこにはすでに国王と王妃がいた。バベリッド外交大臣が通訳をしながらイスタフ公国の者達と話しつつ、宰相や大臣や側近達も交えて談笑している。

空気も明るくて笑い声が絶えない。

その風景を見るに、話もいい感じで行われているようだ。

「我が国の使節団のために、こんなにも大きなパーティーまで開催していただき感謝が絶えません。長旅の疲れを癒やされよという、部下達の参加許可も本当にありがとうございます。皆、とても喜んでおります」

アンジュがブライアスと共に話の輪に加わると、挨拶をしてすぐイスタフ公国の大使が改めて一同に礼の言葉を伝えた。

この国の言葉が話せる彼は、そう告げながら感動に目が潤んでいた。お酒は強くないから、片手に持っているシャンパンも理由にはありそうだ。

そうして彼のそばには、十四歳の第四王子シェレオ・バミュイスタの姿もあった。

その年齢で長旅に出たことにもアンジュは感心させられた。

先に起こった近隣国の戦争で、不運なことに領土強奪の危機に瀕《ひん》した。その一件から学びこの数年、他国を味方につけたいと必死なのだろう。それを、まだ少年であるシェレオ王子自身も理解していた。

「私が公国の明るい未来の一端を担えていることを光栄に思い、一年半の諸国巡りも苦ではありません。勉強もでき、素晴らしい経験をさせていただいていると思っております」

そんな聡明なことまでシェレオ王子は語った。

とはいえ彼らはジムク古語と言われている稀有《けう》な言葉が母国語だ。外国語はまだまだ精通しておらず、通訳が必須だ。

そのためバベリッド外交大臣に代わって、アンジュを中心にブライアスと通訳をしながら会話を楽しむこととなった。

「あの時は、姫には大変お世話になりました」

大満足のシェレオ王子に嬉しそうに微笑みかけた大使が、クロイツリフ王国の言葉でアンジュにそう言って頭を下げた。アンジュは苦笑する。

「私は姫ではございませんが、少しでもお役に立てたのなら光栄です」

初めてイスタフ公国の大使達が訪れた時、彼女は十三歳だった。

小国だからとまったく相手にしない姿勢があまりにも見ていられず、アンジュは自分には時間があるので、滞在の間はサポートすべく『通訳としてそばにいましょうか』と大使に提案したのだ。

存在感を少しでも残して出国したい、という大使達の願いはアンジュが彼らの滞在期間中に共に活動したことで、叶うことになる。

偉そうにしていた外交官達も、アンジュの語学力を前に脱帽した。

『もし未知の資源があったら、未来では財を生むかもしれませんよ』

十三歳の令嬢が、そう未来まで見据えて行動していることを理解した貴族達も、無名の小国だからという態度を改めた。

そうしてイスタフ公国の大使達は、話す相手が多すぎて困るという嬉しい事態で忙しく滞在期間を過ごした。

その翌年、イスタフ公国が莫大《ばくだい》な資源を持っていることが発覚する。

加工方法を知らなかった彼らの国を、クロイツリフ王国は支援することを表明。とてもよくしてくれたことが記憶に残っていたイスタフ公国は、支援を歓迎して、そして王国内ではあちらへ技術を教え提供することが決まる。

ブライアスが派遣団を組み、技術者達は一年で素晴らしい成果を出して帰国してきた。

それ以来、イスタフ公国とは利益を上げ続け国交力も強まっている関係だ。

その時、大使に向き合っていたアンジュの肩を、ブライアスが優しく抱いてさりげなく引き離した。

「ブライアス様？」

「あとは俺が。君は休憩をしておいで」

長話にしてはまだ短いほうだ。しかし、宰相の演技がかった発言をきっかけに全員がブライアスの提案を推してきた。

「おぉっ、もうこんなに話してしまいましたか」

「それならそろそろ休憩するべきね」

「そうだな、ブライアスが言うのであれば彼に任せておきなさい」

王妃だけでなく、国王もにこにこして勧めてくる。

（というよりニヤニヤされているような……？）

気のせいだろう。ブライアスの優しさも嬉しくて、提案を受け入れるつもりでいたアンジュは挨拶をしてその場を離れた。

（付き合いでシャンパンをいただいたとはいえ、やっぱり私には少しきついわね。果実水

か水をもらいましょう）

会場内を移動し、手に持っていたシャンパングラスと交換してもらった。

そのタイミングを待っていたのだろう。令嬢友達を筆頭に、待ち構えていたかのように女性達から声をかけられた。

「婚約おめでとうございます！」

「相変わらずの達者な語学力にはうっとりいたしましたっ」

「休憩ですの？　わたくし達と話しませんか？」

「娘のためにも勉学の話を聞かせていただきたいですわ」

先程のイスタフ公国との歓談を大きな声で褒められてしまい、アンジュは少し小さくなる。ブライアスはきっともっと知っている。自分はまだまだだ。

（彼のためにも、もっと学ばなくては）

令嬢だけでなく夫人達の話す声を聞いていたアンジュは、ハッとした。

今、自然と彼との未来を考えてしまった。

そう自覚して後ろめたさが一気に襲いかかってきた。今のまま、だなんてあり得ない。

今のブライアスは媚薬の効果でああなっている。

それなのに、アンジュは自分に改めて突きつけても彼へときめく気持ちをどうにもできないことを悟って、切なくなった。

「おっと、失礼」

その時、どんっと肩がぶつかった。

あまりにも強い力でアンジュはよろけた。慌てて令嬢友達が数人がかりで支えたのを見た男が、眉を釣り上げる。

「立派と言われていらっしゃるようですが、今の大袈裟《おおげさ》なよろけ方は同情でも誘うつもりですかな？　王太子の婚約者としてお恥ずかしいと思いませんか」

悪いのは狙ったかのように真っすぐぶつかってきたほうなのだが、なんとも嫌な感じがして、アンジュは先に詫びることにする。

「お酒の熱を冷まそうとこちらに休憩へ。私が少し不注意になっていたばかりに申し訳ございませんでした」

「――ふん」

反論の火種をもらえなかったことが不満だったようだ。

しかし彼は女性達から向けられている非難の視線の多さを見回すなり、長居せず、早歩きで人込みに紛れていった。

「い、今の最低ですわっ」

「ひどい、アンジュ様がパーティーの華なので、わざと悪目立ちさせたかったに違いありませんわ」

「婚約後の外交に水を差しにくるなんて」

わざとだと女性達がムキになりだした。

(彼とは直接話したことはなかったはずだけど……)

誰だっただろうかと頭に入れていた貴族名を引っ張り出して、ブロイド伯爵という名前に辿《たど》り着《つ》いた。

思えば、彼は先日国王が共に歩いていた大貴族のうちの一人の弟だ。

それなのにアンジュの家の公爵家と交流が一度もないというのも珍しいことだった。恐らくはよくは思われていないのだろう。

けれど、王家派、など色々と社交界もこみいった事情はあるものだ。

何よりこのパーティーは少し特別なもの。あまり空気を悪くしてもいけない。

「皆様、本日はシェレオ王子殿下も楽しませたい場でございますから」

心配してくれたのは嬉しいので、それだけで構わないからという気持ちでアンジュは女性達に微笑みかける。

「先程は助けてくださってありがとうございます。私なら平気ですわ」

「それならよいのですが……」

「少し歩いて酔いを引かせてきますね。私の騎士もいるから平気です」

アンジュはきっと近くにいるだろうセジオを思い浮かべ、うまくその場を離れることに成功した。

遠くまで来たところで、女性達のほうを一度確認する。

元の談笑に戻りだしている姿にほっと胸を撫《な》で下《お》ろした。こういう時は話題の元になってしまった自分が離れるほうが落ち着く。

（よかった、パーティーの空気が悪くなってしまうことは避けられたみたい）

せっかくのイスタフ公国の王子と大使達のためのパーティーだ。政治面からしても悪い印象を残すのは避けたい。

この先どうなるかは分からないが、今はブライアスの婚約者。

婚約者として相応しくない行いはできない。

すると、見ていた貴族達がいたようで数人がこちらを見て話している。

「あっという間に収めてしまった、相手にしないのもさすがだ」

「さすがはアンジュ公爵令嬢だな」

「うちの娘と違って本当によくできていらっしゃるお方だ――」

近くに休める場はなさそうだ。

社交はまだまだ始まったばかりなので、セジオにお願いしてバルコニーにでも出て、一休憩させてもらおう。

（王太子の婚約者という肩書きも緊張してしまうわね）

王妃が日頃から疲れ一つ見せないでいるのは、すごいなと改めて思いながら足を進める。

だが次の瞬間、アンジュは思わず足が止まってしまった。

「すでに王太子妃気取りですかな?」

すれ違いざま聞こえた声に、ゾワッと鳥肌が立った。

——完全に、敵意を感じる〝声〟だ。

アンジュも社交術は幼い頃から王宮や公爵家で磨かせてもらったので、社交界のことならよく知っている。公爵家をよく思わない派閥がいることも。

対外的に友好さを装って話すのがほとんどなのだが、こんな攻撃的なのは初めてだ。

それでいて同時に『王太子妃気取り』という明確な非難の声に、媚薬のことが蘇って凍り付いてしまった。

(顔を、上げないと)

相手を確かめないと今後気を付けることもできない。

息をゆっくりと吐き、相手を見つめ返す。

そこにいたのは知らない五十代ほどの男性だった。痩《や》せこけていて、けれどやはり身近では覚えがない。

(氷みたい——)

特徴的なのは初めて怖いと思うくらい、容赦なく睨《ね》めつけてくるその眼差しだ。

どうしてか先程のブロイド伯爵と同じ嫌な感じを受けた。

相手は立ち止まっている。何か言わないといけない、のだろう。

「何かおっしゃいまして？　ごめんなさい、周りが賑やかなものですから」

アンジュは緊張を押し込むように小さく息を吸い、それから微笑みかけて、あくまで聞こえなかったふりをした。

この距離で目まで合えば、いくらなんでも公の場での衝突は避けるはず。

「したたかな娘だ」

睨まれ、投げられたわけも分からない増悪に胸が軋んだ。

そのうえ彼はアンジュのほうへ身体を向けた。離れるつもりがないらしい。

ああ、まずい、とアンジュは身が強張った。何かよくないことを言うつもりだ。きっとアンジュが対応に困って言葉を返せない何かを――。

「アジャーディ夫人方、俺の愛しい人を見かけなかったかな？」

その時、二人の間の緊迫した空気がハッと解ける。

どこからかやけに朗らかな大きな声が上がった。それは広い場であってもよく通るブライアスの美声だった。

「まぁっ、王太子殿下！」

「あなた様のそんな微笑みが見られるなんてっ、娘に自慢しないとっ」

男がさっと目の前から離れる。

アンジュは詰めていた息を密かにこぼした。

声の方向を捜すと、数人の貴婦人達といるブライアスの姿が向こうに見えた。それから別方向にはセジオもいる。

『自分の役目は終わりました』

セジオが口パクでそう伝えてきて、会釈《えしゃく》をして人込みに紛れる。

彼がブライアスにアンジュの場所を教えたようだ。

(ブライアス様は、わざと大きな声を……)

走れないながらも急いで向かってきたであろうことは推測できた。

ブライアスは演技かかった声で見つかったと夫人達に言うと、人込みをかき分けて真っすぐアンジュのもとまで進んできてくれた。

「すまない、すぐに向かえなかった」

肩を抱いた彼が、その場から離すようにして歩きながら耳打ちする。

「いえ、助かりました」

彼に触れられた途端アンジュは心からほっとしていた。

「先程の者はブロイド伯爵一派の人間だ。あまり関わらないほうがいい」

「ブロイド伯爵……」

肩にぶつかってきた男だ。縁が続くなと、少しその名が気になった。

ブライアスの口からそういう名前が出ることも珍しい気がする。

けれど、彼のほうをそっと見上げたアンジュは、毅然とした横顔を見て反省の念にかられた。

あまり視線も向けてくれないでいた以前のブライアスが重なる。助けの手間をかけた、迷惑をかけてしまったと以前までの気持ちが込み上げて、視線を落とす。

（これまで通り、一人でもきちんとこなさなければならなかったのに……結婚に肯定的ではない貴族もいるはずなのに、それをここに来るまで思い浮かべる余裕さえなかったなんて……）

一度考えると、反省ばかりが込み上げてしゅんとした。

要注意人物のことなら、妃教育で把握していたつもりだった。

関わってはいけないとブライアスに断言させるブロイド伯爵のことなんて、初めて聞いた。

（結婚しないつもりだったから、教えられなかった？）

仮初《かりそ》めの結婚指輪を目に入れ、アンジュは胸が重苦しくなる。

大きなバルコニーへ続くガラス扉の前にきた。そこに映ったアンジュを見て、ブライアスがハッとして表情を解き、隣を覗き込む。

「アンジュ、どうした？　なぜ落ち込んでいる」

「い、いいえ、別に落ち込んでなどは」

すぐに察されてしまったことに、なぜだか頬が熱を取り戻した。慌てて俯いたら、顎を摑まれ、視線を上げさせられた。

「傷ついているのか？」

アンジュはその近さに悲鳴が出そうになった。

単純なもので、アンジュはそれだけで気持ちが上昇するのを感じた。ブライアスは至近距離から真剣な目でじっと見つめてくる。

近くで立ち話を楽しんでいた男女から「まぁっ」と黄色い囁き声が聞こえた。

「ブ、ブライアス様、私はとくに何もないですから」

「隠さなくていい。俺は、君を傷付けたのか」

「え？　ブライアス様には傷つけられていませんよ？」

きょとんとして見つめ返したら、ブライアスは目をくしゃりとして納得しないような、本当かどうか探るみたいに見据えてくる。

（もしかして……心配していらっしゃるの？）

手間がかかるだとか、そんな感情は一切なくて彼は――アンジュの心が傷ついていないか一心に身を案じてくれているのだ。

彼はアンジュを思って、自分の対応に非があると感じている。

アンジュの胸は一気に騒がしくなった。嬉しかった。いよいよ頰の赤味は増し、どきどきして唇まで震えそうになる。

「す、少し驚きましたけれど大丈夫なのです、その……ブライアス様が、来てくださったから……」

口に出す瞬間、心臓が一層ばくばくした。

あなたが来てくれたから大丈夫になった、なんて『あなたに好意がある』と示しているようなものではないだろうか？

だがそれ以外の言葉で、今の気持ちをうまく彼に伝えられる気がしなかった。

伝わって欲しかった。

あなたには、とても大事にされている、と。

胸にあったもやもやも全部吹き飛ばすほどに——心から嬉しかったのだと、そう思い赤面でブライアスを熱く見つめ、それから間もなく限界がきて、アンジュは恥ずかしすぎて先に足元へ視線を逃がした。

顔が熱すぎる。どきどきしすぎて、自分が変だ。

緊張しているのに忙《せわ》しない鼓動を心地いいとも感じている。

その人に対する緊張感だけは特別だなんて、まるで憧れて、その人だけに夢中になっているみたい――。

と思った時、ブライアスに片手を握られ、腰を抱かれて歩かされた。

「向かう先を変える」

「えっ？」

顔を上げたが、彼は進行方向を見て急ぐみたいに足を進めている。

人々の微笑ましい視線と追いかけてくる話し声の中、アンジュは彼と共に庭園へ下りる廊下へと出た。

会場の賑やかな物音や声は途端に小さくなる。

廊下は庭の美しいライトアップを邪魔しないよう明かりが消されていた。窓は厚地のカーテンで閉じられ、月明かりだけが照らし出す光景は落ち着く。

庭園をまばらに散策している貴族の声が、遠くに聞こえる程度だ。

「俺より庭がいいか？」

「そんなことは」

振り向いたアンジュは、指先を握り込んで唇を押しつけたブライアスを前にして、作り笑顔も引っ込んだ。

「君を、一人占めしてしまいたい」

ブライアスから強く向けられている気持ちが、触れている彼の唇の強い熱からも伝わってくるように感じた。

夜、そして二人きりで会場を抜け出したこと。

鈍いアンジュにも甘やかな予感をさせるにはじゅうぶんな状況だった。

彼のキスに胸が甘くときめいている。今の自分ではきっと止まれない予感がした。

(ううん、だめ)

咄嗟に思い、何も気付いていないふりをすることにした。

「ブライアス様、外交のパーティーですから社交をしませんと……」

「必要なことはもう済ませた」

彼が身を起こし、ブライアスの強い眼差しに射貫かれる。

「俺は、もう君しか欲していない」

はっきりと告げられた言葉に、アンジュは胸が甘く震えるのを感じた。熱を宿した彼のブルーの目に、一瞬にして心を奪われていた。

「外交とはいえ、君が目の前で他の男と話しているのを見て、平気でいられる余裕は持ち合わせていない」

「ブライアス、様……」

「俺と結婚するのは君だと、この身体で感じさせて欲しいと思っている」

首にかかったネックレスを彼が指で持ち上げる。

「君と、今夜過ごしたい」

ブライアスが顔を寄せて囁いた。ネックレスを指に滑らせ、指の背でアンジュの白い肌を撫でる。

そっと触れられたところが、じんっと熱を持つのを感じた。

待って、考える時間が欲しい。彼を意識しすぎてつい流されそうになり、そうして踏《ふ》み止《とど》まることさえも予想済みだったのか、アンジュが視線を逃がすと、ブライアスの手が今度は頬へ添えられて考える余裕さえも奪っていく。

「アンジュ」

甘い声。手で優しく彼のほうへ視線を戻されたアンジュは、噛《か》みつくように唇を奪われた。

「んぁっ、ん……っ、んん」

重ね合うだけでなく、彼の舌が強引に入ってきて絡められる。

今夜、共に過ごしたいというのがどういう意味なのか教えてくるみたいだった。

「んんっ――はぁっ、ブライアス様っ」

アンジュは両手で押し返した。

「なんだ?」

「……酔ってらっしゃるのですか?」

パーティーを抜け出してまで女性と、なんてブライアスらしくない。

彼は付き合いでシャンパンを飲んでいた。新しいグラスで乾杯して、細いそれを最低でも数回は空けていたはずだ。

「君よりも酒は強い。強くなるようとっくに訓練済みだ」

そんな訓練までするのかと驚きつつ、アンジュはそう考えた際にふっと気が抜けてしまった。

（お酒には強いみたいだけど、媚薬には酔いに酔っているものね……）

けれど、アンジュこそ今夜はおかしい。

お酒もほどほどにしたはずなのに、彼と短く口付けを交わしただけでたまらなくお腹の奥がきゅんきゅんとしている。

ブライアスが、こんなにも自分を求めてくれている。

彼に女性扱いされていることが嬉しくて、一夜を望まれていることに胸が震えている。

「抜け出すところを見られてしまっていると思いますが……」

自分のどきどきとした心音を聞きながら、閉められた扉のほうを見る。

そんなこと気にするなと言わんばかりに、ブライアスがアンジュの手を持ち上げ、キスをした。

「かえって好都合だ。憶測でもさせておけばいい」

アンジュは、今夜ブライアスが身にまとっている強めの香水にくらりとした。大人の香りだ。

口付けを受けた自分の手の甲を見て、もっと唇に欲しいと渇きまで覚えた。

そうして庭園の時みたいに、また彼に触れられてみたい、と。

「……ブライアス様がよろしいのでしたら……触れて、ください……」

消え入る声が、彼女の唇からこぼれた。

「ありがとう、アンジュ。君と過ごせるのがとても嬉しい」

ただの婚約者同士とは思えないくらいの親密さで、ブライアスに強く肩を抱き寄せられる。

それだけで胸に甘酸っぱい気持ちが広がった。

アンジュは、魔法にでもかかったみたいに熱くブライアスを見つめていた。

「行こう」

「は、い……」

どきどきしながらアンジュは、ブライアスと薄暗い廊下の奥へと進んだ。

四章

パーティー会場を抜け出したあと、静まり返った廊下を進んでブライアスが向かったのは、王族区にある彼の寝所だった。

初めて入ったそこは、とても広かった。

大きなベッドだけでなく談話室なのではないかと思うような円卓席やソファ席。男らしいお洒落な調度品の並ぶ様子に、アンジュは目移りしてしまう。

「ああ、そういえばここだけは入ったことがなかったな」

「はい」

幼い頃、彼の部屋で共に勉強だってした。

どこでも自由に歩かせてくれたけれど、ブライアス自身に案内を拒絶された唯一の部屋が寝所である。

「思えば当時は、……強く言い過ぎた。すまない」

ベッドに向かいながら彼がそう言った。

から」

「え？　いいえ、気にしていません。殿方の寝室に入るものではないとは教えられました

「いや、理由はそうではなくて……」

違うのだろうか。それでは何が原因で、彼はあそこまで過剰反応してアンジュに『だめだっ』と言って扉の前に立ったのだろう。

「別の理由があったのですか？　きゃっ」

きょとんとして隣を見上げたアンジュを、いきなりブライアスが抱き上げた。

「たとえばこんなことをしてしまいそうになるから、と言ったら？」

「そ、そんな冗談、信じません」

だって当時アンジュは子供で、ブライアスとは十歳も年齢が違った。

案内して差し上げればよろしいのにと執事が言った時、寝室はだめだと二度目に言われた時もアンジュは七歳、彼が十七歳の頃の話だ。

「俺にとって君は愛しい女性であると教えていかないとな。今夜、少しくらいは実感してくれるといいんだが」

愛しい女性、その言葉に頭の中が沸騰して忙しくなる。

ベッドに辿り着いた。下ろされたかと思ったら押し倒され、ブライアスがアンジュにのしかかって唇を奪う。

「んっ……んん……はぁっ、激し……ん、んっ」

一度『待った』をお願いしたかったのに、唇を離したらすぐキスし直された。唇をもみくちゃに吸われ、ドレスをまさぐられた。触れられているところの順を追う暇もない。

アンジュは上品なシャンパンと、彼の匂いでいっぱいいっぱいになる。

「ずっと我慢していたんだ。俺のベッドで、アンジュが横になっているのを見て抑えなどきかない」

ブライアスは咥内を舐《ねぶ》りながら、自分も服を脱いでいく。

ジャケットが放られる音が聞こえた。さらに口付けが深く激しくなって、彼の両手が身体をまさぐりドレスをゆるめていくのが分かる。

（気持ち、いい……）

互いの身体の間でこすれる衣擦《きぬず》れの感触。触れていく肌同士、指先、その全部が気持ちよくてアンジュは戸惑う。

激しいのに、とても感じている自分が不思議だった。

（シャンパンのせい？　それとも媚薬を宿している人に触れられると、そういう気分になってしまう効果でもあるのかしら）

と、コルセットが外されて腰に落ちるのを感じた。

彼に柔らかなアンダードレス越しに胸の膨らみを握られると、甘やかな感覚がお腹の奥まで走り抜け、びくんっと身体がはねた。

「んっ、んんっ」

乳房を激しくもみほぐされる。握られ、先端部分を指先で激しくこすられると身体が勝手にびくびくっと震えた。

息が続かない。そう思った時、唇がようやく離れて彼が首筋に吸い付いた。

「はあっ、はぁ、ブライアス、様」

腰骨が甘く疼くような感覚がした。ブライアスは首筋や耳の後ろも愛撫すると、鎖骨へとキスを落としていく。

すると、アンダードレスを引きずり下ろされ胸の先端部分を探り当てられた。

「あ、あぁ、そこ、ゃあ」

指先でこねくり回され、ぴんっと弾かれるとビリビリと変な感覚がして、たまらず膝をすり合わせる。

「感じているんだろう？　弄ると——ほら、腰が揺れてる」

硬く主張した乳首をきゅっとつままれ、アンジュは身をよじった。見てみると自分の腰は確かに揺れていた。

その際、いつの間にかドレスがベッドの下に転がっていることに気付いた。

アンジュはお腹と太腿までアンダードレスをまとっている状態で、ブライアスも上半身ははだけたシャツ一枚だ。

「ここだけでいつかイけてしまえそうだな」

「……イ、く……?」

教えるみたいにブライアスが薄いスカート生地越しに、敏感な部分へと自分の手を差し入れる。

「あっ……」

「先日、達したことだ」

彼がそこをこする。すると自分でも分かるくらいアンジュは腰が揺れた。

「あ、あぁっ、あぁぁ」

脚の間からやんわりとした快感が広がっていく。

(なんでこんなに気持ちいいの?)

シーツを握って悶えていると、ブライアスが乳房を愛おしげに口へと含んだ。

「んぁっ、あ……っ、同時はだめ、だめなの、あぁ……っ」

快感に身悶えしたアンジュは、彼が触れている中心部に、濡れた感覚があることに気付く。

廊下でキスされていた時にはすでに潤っていたのだ。

だから、こんなにも気持ちがいいのだろうか。

ブライアスの手によって一層蜜が溢れる。次第に中がうねりを繰り返し、何かを締め付けたいとする感覚が起こっていく。

その感覚が、徐々に短くなっていくのもアンジュは感じた。

「あっ、これが、イく……？　ああ待ってっ、今、急に速くしたらっ」

腰が震えながら浮く。恥ずかしくて脚を閉じたいのに、いつ靴を脱がされたかも分からない足の指にベッドの上で力が入り、彼に差し出すみたいに太腿が大きく開いている。

気持ちよすぎて、どこかへ身体が飛んで行ってしまいそうだ。

ブライアスが手で乳房の先を強くつまみ、もう片方の胸をぢゅるるっと吸った。

「ああぁんっ、だめ、もうイくっ、イっ――」

んんっと息をこらえた時、アンジュの腰がびくびくっとはねた。

「あぁ……あ……」

ベッドにゆっくりと腰が戻る。

達した快感で全身がふわふわする。腰が甘く震えて、動けない。

快感で潤んだ目を向けると、ブライアスはアンジュの身体にキスを降らせながら、残る服を脱がせていった。鍛えられた上半身に心臓がばっくんとはねたが、彼はまだズボンは穿《は》いている。

「ああ、なんて美しい姿なんだろう。俺の愛しいアンジュ」

ブライアスがまたがり、じっくりと眺めてくる。

大人になった身体を彼に褒められているのも嬉しい。いまさらになって恥じらいが込み上げ、アンジュは自分を抱き締める。

「ネックレスを外すのがもったいないな」

「えっ」

言われて気付いた。まだ首には、ネックレスがつけられたままだった。

「俺が贈ったネックレスに飾られただけの姿、か。悪くないな」

「だ、だめです。今から汗をかくのだとしたら、その……汚したくありませんから」

想像するだけで顔から火が出そうになる。

けれどアンジュにとって、これは掛け替えのない特別な贈り物だ。

「ブライアス様からもらってとても嬉しいプレゼントでした、ですから……取ってもらってもいいですか？」

生憎《あいにく》アンジュは着脱方法が分からない。左右からネックレスへ両手を添え、上目遣いにブライアスをうかがう。

なぜかブライアスが、項垂《うなだ》れるみたいに手へ顔を押しつけた。

「はぁ……煽《あお》るな」

「え？　あ、煽ってはいません、大切なネックレスです。これから、その……汗ばむのでしょう？　液も……つくかも……」

恥ずかしくてはっきりとは言えない。

ブライアスが、もっと深く溜息を吐いた。

「それが煽っていると言っているんだ。君は、自分が愛らしいことを自覚したほうがいい。……今でもむちゃくちゃに抱きたい衝動をこらえているのに」

ハッとアンジュは思い出した。

（そうだわ、彼は媚薬の効果が続行中だった）

アンジュも知っている媚薬の本来の効能。

それが思い浮かばないくらいでいたのは、たぶん――それだけブライアスに心が傾いているせいだ。

（だって彼は、とても紳士で……私はそれにときめきっぱなしで……）

好きだと行動のすべてで伝えてくるようになったブライアスに、アンジュの世界そのものが変わっていくような感覚。

ああ、だめ、これはもしかしてと緊張した時、ハタと目を戻しブライアスが頭を撫でてきた。

「すまない、怖がらなくていい」

「え？　いえ、私は別に――」

「欲に呑まれて抱き潰《つぶ》したりはしない。君の初めては、優しく抱くと決めていた」

前々からそう思ってくれていたと錯覚するような言葉に、アンジュの胸がきゅんっと甘くなって言葉が出なくなった。

ブライアスが、ネックレスを両手でそっと外してくれた。

首回りが軽くなったアンジュは、彼がそれをベッドサイドテーブルに置くのを目で追いかけた。戻った彼が、自分の脚を開かせるのも見守る。

恥ずかしいのに『彼なら』と胸は高鳴る一方で、ブライアスがする行動を止めることはできなくて――。

「あっ……あぁ……」

アンジュのぬかるんだ中心部へ、ブライアスが指を沈めた。

そこは濡れているばかりではなく、驚くほど彼の指を柔らかに呑《の》み込《こ》んだ。

「こんなにも簡単に……今夜はよく感じているようだ」

どこか嬉しそうなブライアスの声が聞こえたが、アンジュは自分のそこをほぐす彼の光景を直視してさらに赤面する。

「もっと深く触って大丈夫か？」

「は、はい……」

彼の指がさらに深いところを進むのを感じ、背がそる。

気持ちよさがゆるやかに這い上がってくる。隘路《あいろ》を広げるように動かされると腰が甘く痺れた。

「あぁ……ああ……ブライアス様……」

「ほどよくうねってきたな。気持ちいいか？」

「あ、あ、そこ同時に、だめ、あああぁ」

蜜口の上の部分、敏感な場所であると教えられたところも同時に愛されると、お腹の奥がきゅうきゅうと甘くひくつく。

「君は『だめ』としか言わないな。いい時は、いいと言うものだ」

アンジュは残っていた理性で『だめ』と躊躇った。口にしたら胸の中で大きくなっている想《おも》いが溢れそうな予感がした。

口を固く閉じていると、ブライアスがキスの雨を降らせた。

手で肌を優しく撫で、そうして蜜壺の奥まで届かせた指で中を刺激してくる。

「んゃあっ、あぁ、ぁっ」

中を開きながらかき回される感覚に、快感が背中を走り抜ける。

（いい、気持ちいい……）

はねるアンジュの身体を彼が自分の体重で押さえつけ、肌を時々強く吸う。

溢れる蜜をかき出すいやらしい音にくらくらした。

愛液が溢れてくる感覚さえ快楽に変わる。

ブライアスは愛おしそうに肌を舐めた。彼の大きな手で胸から脚まで撫でられるのも、心地いい。

(あ、もっと、もっと)

先日感じさせられた絶頂の感覚が近付くと、腰が揺らめいて彼の指を自然に中へと引き入れようとする。

「ほら、気持ちよくなったら言ってごらん」

優しい声にアンジュは夢心地になる。

「あぁん、ああ、気持ちいい……」

そう告げた自分の甘ったるい声に、お腹の奥がきゅんっとした。その途端に快感がぐんっと強まる。

「あっ……?」

頭の中が白くなりかけるような愉悦。そこに驚いていると、ブライアスがくすりと笑って収斂する中で刺激を強くした。

「ああっ、はぁっん、だめぇ、気持ちいいっ、あぁっ」

じゅくじゅくと抜き差しされる指にアンジュは乱れた。

腰ががくがくと震える。快感を逃がそうとして揺れるたびに指の位置が変化して、ブライアスが新しい悦楽を与える。

膣壁がうねって『気持ちいい』が強まっていくばかりで、止まらない。

「気持ちいい、あっあ、だめ、もう私っ――あぁぁあっ」

喉をのけぞらせたアンジュは、腰を浮かせてぞくんっと震わせた。

自分のそこが強く締まり、彼の指に蜜をとろりとこぼすのを感じた。前回と比べ物にならない快感を全身に伝えてくる。

（あ、あ、口に出しての果てが、すごい……）

気持ちいい。そう素直になって達したせいなのか、奥が痙攣して、腰がはねるたびに軽く達しかける感覚がある。

中の収斂が収まるのを待って、ブライアスが出し入れを再開した。

先程と違うところをぐちゅぐちゅと刺激されて下半身が甘く痺れる。

「あっ……だめ、また……気持ちよく、なっちゃう」

逃げる腰をブライアスが掴んで引き留めた。彼のほうへ引き寄せられる。

「ブライアス様――」

「すまないアンジュ。俺はもう一度、君をイかせたい」

見据える彼の目は獣みたいだった。欲望にぎらぎらとしているブルーの目は美しく、心を奪われる。

ブライアスが残っていた手の指を蜜口の上へ当てる。

花芽を軽く弾かれ、強い快感で目がちかちかした。同時に、中からある一点を押し上げられた。

「あ、あ？　待っ、それ――」

彼の指がお腹の後ろから押してきた瞬間に、強烈な快感の波が襲いかかって蜜壺全体がきゅんっと締まった感覚がした。

だめ、と言うのも間に合わずブライアスがその一点をちゅっちゅっと押しながら、中をこすってくる。

ぶわっと鳥肌が立つような感覚とともに腰が浮く。

「ああぁっ、ああっだめ、イくっ、気持ちよくておかしく……あっ、あああぁっ」

声が止まらなかった。ぞくぞくと身体が震えた直後、頭まで甘い痺れが駆け抜け、広げた太腿をがくがく震わせながら呆気なく快感が弾けていた。

果てたのに、気持ちいい。

ベッドに腰が落ちたものの、軽く達するみたいに腰が小さくはね続けている。

「……何、今の……？」

くったりとして肩で息をしていたアンジュは、蜜口に触れる熱にハッとした。

あ、と思って目を向けた時にはブライアスがのしかかっていた。

「そんないい反応をされると理性がもたない――君の中に、入りたい」

彼の表情は余裕がなかった。片手が二人の間で動いていて、今まさに彼が自分と繋がろうとしているのだとアンジュは察した。

(私で欲情してくれている……嬉しい)

こちらを射貫く彼の視線の強さに、アンジュはお腹の奥が歓喜できゅんきゅんとなるのを感じた。

媚薬だとかそんなこと今は関係ない。

今はただただ、ブライアスに求められているのが嬉しい。

「はい、来てください、私の中に……あぁっ」

秘裂を大きな熱がくちゅりと押し開けたのを感じた直後、ブライアスが腰を沈めた。

押し開かれる焼けそうな痛みが走った。

こんなの入らないと、アンジュの身体が委縮する。けれど彼女は受け入れたくて『やめて』という言葉をこらえる。

「大丈夫か？　アンジュ」

「い、いですから、進めて……」

この先を、知りたい。彼をここで感じたい。

少しだけ繋がれた彼を感じて感動が込み上げていた。ここでやめたくないとアンジュは涙に潤んだ目で訴える。

「っ、アンジュ」

太腿を押し開き、ブライアスが腰を進めた。

「あっ……あ……っ」

つらくて息が詰まりそうになる。

受け入れられるのか不安がよぎった時、彼が止まった。不思議に思ったのも束《つか》の間《ま》、その場で少し前後に動かされる。

「あ、あ、ブライアス様……」

抜き差しは僅《わず》かなのに、アンジュは自分の中が反応して彼のために愛液を出すのが分かった。

ぎちぎちに押し上げられた膣全体が、軽く揺らされる。

彼の大きな欲望がそこで動いていることに、まるで喜ぶみたいに蜜が増えていく。

次第にぐちゅ、ぐちゅと粘着質な音まで聞こえてきた。

「感じてるか？　今、ここまで俺が入ってる」

「かん、じてます……私、感じて……」

次第に繋がった場所から、痛いという熱とは別の感覚がじわじわと湧き上がっていた。

これが『感じている』なのだとアンジュは理解する。

彼はアンジュの反応を見ながら少し進め、また腰を揺らした。その繰り返しで挿入の怖ささえも徐々に解消してしまう。

(慣れて、いらっしゃるわ)

年齢的に考えても当然だろうが、アンジュは切なくなった。

「どうした？　まだ痛いか？　すまない、だが動かさないと君もつらい」

「……そんなことまで知っているのですね」

ブライアスが左右に両手をついて、不思議がって覗き込んできた。彼を見ているとパーティー会場でいつも大勢の美女達に囲まれている光景が浮かんだ。

これは、浅ましい嫉妬だ。

彼と埋めることができない年齢差はどうしようもないことなのに、アンジュはそれを悔しく思ってしまう。

「ブライアス様は慣れていらっしゃるかもしれませんけれど……私は初めてなので、そんなことを言われてもよくは分からなくて……」

口にして、自分でも子供っぽいなと自己嫌悪《けんお》する。

するとブライアスがきょとんとして首を傾《かし》げた。

「俺だって初めてだ」

「えっ？」

心から、本気でびっくりしてアンジュは声が出た。

「だからつらいことがあったら遠慮せず教えてくれると助かる。アンジュが今後も気持ちよくなるように努めたい」

今後、と言われてアンジュはますます混乱するのを感じた。

「気持ちいい時にも教えてくれるね？」

「は、はい」

そういう理由があるのならとアンジュは答えたものの、彼が自分と同じく今回が初めてであることに気が向いていた。

二十八歳のブライアスが未経験なのは、意外すぎた。

（だってブライアス様はこの国の王になる人で、てっきり……まさか王族は事故がないように結婚相手にしかしてはいけないというルールでもあった？）

分からない。アンジュはそこまで教えられていない。

ブライアス自身が大事に取っておいていたという可能性はないだろうか。

不意に浮かんだ考えに、背筋が冷えた。

王家は恋愛結婚を望んでいる。昔から『好きな女性と』と言われて成長したのだとしたら、――可能性はある気がする。

（わ、私、婚約だけでなくブライアス様の初めてを）

この状態でいまさら彼も引き下がれないだろう。隘路の半分を埋めた熱の大きさや硬さは習っていたよりギンギンだ。

「あ、あの――あんっ」

口を開いたアンジュは、ブライアスに恥ずかしいくらい脚をぐいっと引き上げられた。自分から飛び出た甘い喘ぎにも恥ずかしくなる。

繋がった場所が見える姿勢にも焦った。

目に飛び込んできたのは、自分のそこが彼の雄々しい欲望に突き刺されている光景だ。あともう少しで彼のすべてが埋まってしまうのもよく分かった。

「きゅ、急に何をなさるのですか」

「他に気をやる余裕が出てきたみたいだな。つらさがだいぶ減ったようでよかった。それなら、残り分はもう問題ないな？」

残り分、と聞いてアンジュは思わず彼のそこを見る。

するとブライアスが、深々と腰を落とした。

「あぁぁあぁ……！」

裂けるような痛みに身体が引きつった。

ぱちゅんっと当たった互いの肉感。ぴたりと動きが止まり痛みのあと、じわじわと苦しさが込み上げた。

彼のすべてが、中に収まったのを実感する。

自分の中にもう一つの心音を感じ取れた途端、焼けるようなひりひりとしたつらさもどうでもよくなった。

「……はっ、ぁ……ブライアス様が、中に……」

彼を受け入れることができた。

それがアンジュの胸をいっぱいにする。

同じく一瞬息を詰めていたのか、ブライアスのほうから感極まった息が吐き出された。

「ああ、夢にまで見た君の中だ」

媚薬によって作られた気持ちだとしても、嬉しい。

それはアンジュの気持ちそのものだった。五歳から始まった王宮での勉強もすべて、彼の妻になるためのものだったから。

「しばらくは慣らしたほうがいいと学んだが、――これは、動かないほうが難しい」

ブライアスがゆっくりと引く。

圧迫感が隘路を滑っていく感覚に、アンジュは全意識が引っ張られた。

「あっ、ぁ……っ」

それはアンジュの戦慄《おのの》く膣壁をじっくりとこする。だが浅瀬で止まると、今度は奥まで同じようにして戻ってきた。

　そうやって彼は慎重に蜜壺の中を前後してこすった。

　調整が難しいのか、時折彼のものが、最奥の形が変わるくらい押し上がり身体が浮きそうな感覚になる。

「あんっ……あ、あぁ……」

「すまない、少し強かったかもしれない。大丈夫か？」

「だい、じょうぶです」

　始めはきつさが勝っていたが、何やら次第に奥を強くノックされると悩ましい甘い感覚が蜜壺内に走った。

　繋がっている場所は、互いを感じるたびに熱くなっていく。

　彼を感じるごとに蜜も増し、いやらしい水音はさらにアンジュを興奮させる。

「はぁっ、ん……ああ……あっ」

「声がよくなってきた。気持ちいい？」

　アンジュは彼の腕に手を添え、抽挿を受け入れていた。はくはくとした息継ぎの合間に、こくんと頷いて答える。

「は、い、たぶん……」

　きつさは確かに和らいでいた。愛液が二人の行為を助けるようになってからずっと、どこかもどかしい悩ましげな感じもある。

「なら、いいな?」

続けなかった返事でも見透かしたのか、ブライアスが上げていたアンジュの脚を強く押さえて腰を大きく振った。

「――ふっ」

彼の短い吐息が聞こえ、蜜壺を打ち付けられる。

ぱちゅんっと突き上げられた瞬間、じんっと痺れるような快感が強くアンジュのお腹から起こった。

「あっ……ぁ……あぁっ」

強弱をつけて奥を穿《うが》たれる。そのたび蜜壺がきゅんっと悩ましい収斂をした。

そった彼のものでこすられる独特の感覚が、次第に官能の熱を灯しだす。愛液が二人の間でぐちゅ、ずちゅ、と恥ずかしい音を立てている。

今は、彼を感じるので精一杯だ。

アンジュは自分が彼の欲望を受け入れていることに感動さえ覚えていた。

そうすると複雑な思考は消え去って、奥に強く彼の熱を感じるたび満たされるような甘い快感に酔った。

「あんっ、はぁ、ン……あっ」

「アンジュ、とてもいい」

腰を動かすブライアスは、とても気持ちよさそうだった。

汗を浮かべた端整な顔は壮絶に美しく、アンジュはそんな表情にさせていることがたまらず嬉しくなって、両手を伸ばして彼を抱いた。

「私もっ……あんっ、ン……気持ちいいの、いい、ブライアス様」

痛みもどこかへいってしまうと『もっと彼を感じたい』という気持ちでいっぱいになった。

そうして彼にも、もっと気持ちよくなって欲しい、と。

「分かった。少し、激しくするぞ」

彼が深く身を沈めて同じように腕を回してくれる。なだめるみたいに何度も首筋に吸い付いてきた。

「はい、いいです、きてください」

アンジュは自ら脚を上げて彼の身体を挟んだ。

ブライアスが腰を大きく動かし始めた。一突きごとにずんっと奥が押し上げられ、そのたび確かな熱がアンジュの最奥で起こる。

（ああ、これが快感だわ）

彼が心配しないよう、伝えるべく喘ぎとともに言う。

「あんっ、ああ気持ちいいっ、ブライアス様っ、あぁっ」

突き上げられるごとに快感は増していき、抱き締められて穿たれていることに愛情を覚えて彼女の心を甘く蕩かせていく。

奥を貫きながらブライアスが口で乳房を貪《むさぼ》る。

「アンジュ、俺のアンジュ――」

彼は乳房に舌を這わせ、吸い付いて硬くなった先端を弄る。

「あぁんっ、ああ、そこ、いいの、ああっ」

アンジュは愛おしげにブライアスの頭をかき抱く。

自ら乳房を突き出すことを恥ずかしいと思う余裕なんて、もうなかった。

「胸と一緒がいいんだな？　それならもっと触ってあげよう、そして好きなだけ愛らしい声を聞かせてくれ」

初めてなのにとか、そんなことも彼の言葉で吹き飛ぶ。

アンジュは感じるままに身をくねらせて嬌声《きょうせい》を上げた。

「あっ、あ、一緒、すごい、奥にもブライアス様を感じて、おかしくなっちゃ」

「おかしくなっていい。俺で感じているアンジュが可愛すぎる、ここか？　それともここを突かれるのが好きか？」

「はあぁんっ、ああっ、そこっ」

ブライアスに尻を摑まれて腰を浮かされ、ずんっと突き入れられた瞬間に目がちかちかするほどの快感に涙が浮かんだ。

そこをブライアスが何度も突き上げた。

気持ちよさが達するあの感覚が、どんどん迫るのを感じた。

「くる、きちゃうっ、ああブライアス様、ブライアス様っ」

ぞくぞくと快感で身体が震えたアンジュは、彼を強くかき抱いた。

「ああ一緒にイこう」

ブライアスもさらに深く互いを密着させる。

律動が速まった。同時に全身が揺らされるほど強く突き上げられ、もう何も考えられなくなる。

今は、抱き締め合っている互いのことしか考えられない。

「あっあっ、だめぇ、気持ちよすぎて、ン、私、もうイっちゃ……！」

ぎゅっと彼を抱き締めると頭の中が真っ白になった。アンジュはびくんっびくんっと腰を跳ね上げる。

「俺もっ、出る……っ」

ブライアスが自身を引き抜いた。彼の腰がぶるっと震え、腹部や太腿に熱いものがかかるのを感じた。

（あ、これって彼の）

くったりとブライアスがのしかかってきた。抱き締めたまま彼が褒めるみたいに耳や顔にキスをしてくる。

「アンジュ、とても素敵だった」

「はい、私も」

アンジュは充足感に身体から力が抜け、絶頂感が引いていくとともに瞼《まぶた》が重くなってしまった。

気のせいか、彼の一部がむくむくと硬さを取り戻しだしていることにふっと気が向く。

「そのまま眠っていい。あとのことは俺がしておくから」

ブライアスがアンジュの頭も自身に押しつける。

幸せな気持ちがした。彼の胸板に手を添え、繋がったまま余韻を味わうようにしばらく抱き合ってじっとしていると、アンジュの意識は素直に眠りへと落ちていった。

◇◆◇

その翌日、アンジュは家族の温かな協力のもと、ほぼ丸一日を自室のベッドで過ごして休むこととなった。

「宰相殿から果物が届いたぞ」

「……………」

「それから筋肉痛に効く薬草が王室から――」

夜のパーティーで、アンジュがブライアスと消えたことは王宮でもかなり噂になっているそうだ。

朝から偉い方々のお見舞いの品が続々と届き続けていて、父から宰相や王室という言葉を聞いた瞬間、アンジュはベッドの上で気を失った。

それは昨日の行為への羞恥もあった。

初めてなのに後半は、とんでもなく乱れなかっただろうか。

入浴や着替えの際に身体につけられていたキスマークを見ても、アンジュは恥ずかしすぎた。しかも初行為を経た下半身はきつい。

動けるようになったのは、それから一晩経ったあとだった。

薬草やら母から伝授されたケアやレナ達のマッサージが効いたのか、問題なく歩けるようになっていた。

だが、パーティーの夜のことが持ち切りになっているということを思うと、とてもではないが『気晴らしで庭へ』なんて気持ちにはなれない。

（と、とんでもないことになってしまったわ）

ブライアスと、してしまった。

しかも彼は媚薬が絶賛効いている最中である。

あの日、目覚めると朝になっていた。隣には腕枕をして微笑みアンジュを見つめているブライアスの姿があった。

おはようと幸せそうに唇へキスをした彼に、純潔を捧《ささ》げてしまっただとか、なくしてしまっただとかいうショックはアンジュにはなかった。

けれど、昨日の贈り物攻撃がやんでくれたところで冷静になったら、大変気になることも一つ増えた。

「レナ、入ってきちゃだめよ」

家族がいない日中をみはからい、アンジュは書庫へ飛び込んだ。

母の趣味のロマンス小説を引っ張り出し、気になりすぎるお目当ての状況が確か載っていたはずの一冊を探し出し、震え上がった。

【初めてだったのに！　夢を奪うなんてひどいわっ】

そこにあったのは、涙と共にベッドで朝を迎えたヒロインの台詞だ。

それを読んだら自分が非難されている気持ちになった。アンジュは積み上がった本達の前でうろうろと歩く。

「ど、どうしましょう……彼も初めてだと言っていたわよね？」

ブライアスが心配すぎた。

王家は恋愛結婚を推奨している。彼なりに理想はあっただろうか。正気に戻った彼が、ショックを受けるなんてあってはならない。

（はっ。こういう時こそセスティオ様だわっ）

思いつき、アンジュは慌てて本を片付けると廊下に出てレナを呼んだ。

「すぐにセスティオ様と連絡を取りたいわ」

「えっ、すぐでございますか？」

「確か昨日の贈り物に添えられていた手紙に、何かあれば午後が空いていると書かれていたわよね？」

「は、はい、そうでした。それではすぐに確認をいたします」

焦っているアンジュを心配したのか、レナは執事を捜しに走っていってくれた。

知らせを出してみると、時間があるからおいでよとセスティオから返事が届いた。アンジュは彼の言葉に甘えて王宮へと向かった。

セスティオは、王族区の談話室で待っててくれていた。

結婚前は散々『女心が分からない』と非難されていたのに、彼にしては珍しくテーブルには女性が好きそうなクッキーが数種類用意されていた。

「キャサリーゼ様からですか?」

「いや、母上からの差し入れだよ。何か悩んでいる時は甘いものが一番だ、とね」

アンジュは王妃の配慮に心から感謝した。確かにパーティーの夜から心は騒がしくて甘いものを口にしたい心境ではある。

パーティーの夜に何があったのかは、王妃もすでに知っている。

アンジュは王太子付きのメイド達に世話をされた。その際、身体に散らされているキスマークに気付いて猛烈に恥ずかしくなり、湯浴《ゆあ》みでちょっと騒がしくしてしまった。

『愛の証しですので恥ずかしいことではございませんわ』

『優しくされていなかったら報告をと、王妃様からも言伝をいただいております。その際には、やり方についてご指導されるそうです』

そうメイド達に言われたアンジュは、ブライアスは何も問題なかったと恥ずかしさと戦いながら慌てて王妃への言伝を預けたのだ。

「さ、どうぞ?」

「あっ、ありがとうございます」

セスティオに薦められ、まずはクッキーを口にした。

にこにこと眺めている彼にメイド達が頭を下げ、護衛騎士に案内されていったん廊下へと出る。

もちろん、異性と二人きりということを避けるため扉は空いたままだ。

アンジュは出入口の左右に立った護衛騎士をちらりと見た。

（騎士達もメイド達もやっぱりとくに何も疑問に思っていないみたい……私とブライアス様はあんなにも仲が冷めていたはずなのに……）

貴族達のうち、結婚に反対している者達から不審だと囁かれるのではと警戒した。だが騎士の後ろをついて歩いている間、疑問視してくる目はなかった。

みんな、婚約した時と同じく驚いた感じもない。

「それで？　会いたいというのは、僕に何か相談かな？」

紅茶だけを口にしていたセスティオが、二回目にティーカップへ口をつける前にさりげなく問う。

どんな相談をされても大丈夫だよ、と彼の優しく微笑む目が伝えてくる。

アンジュはほっとして、口を開く。

「はい、実はお聞きしたいことが……私、ブライアス様の童貞を奪ってしまったのですけれど大丈夫だったでしょうか？」

「ごふっ」

さりげなく相談を聞こうという姿勢で紅茶を飲みだしていたセスティオが、ティーカップの中身を勢いよくこぼした。

慌ててメイド達が入ってきて、彼の口元を拭う。新しいティーカップも素早く用意された。

「まぁ、セスティオ様、大丈夫ですか？」

「だ、大丈夫。僕としたことが少し予測を見誤ったみたいで……」

廊下側で扉の左右についていた護衛騎士達も、各々《おのおの》が取り繕うかのように咳込《せきこ》み顔を背けていた。

「アンジュはそれを心配して僕に相談へ？」

「はい」

「でもね、その……奪われたのは君ではないかな？」

なんだかセスティオは笑顔が無理をしていた。

確かにアンジュは初めてだった。でも気にしていない。そんなことよりも大切なのはブライアスのことだ。

「ええ。ただ、ブライアス様も実は……初めてだったそうで」

「んんっ」

騎士達とメイドの動揺から注目をそらすように、セスティオがやたら大きな声で咳払《せきばら》いを挟む。

「もしかしたら彼なりに理想があったのではないかと悩んでしまいまして……もしくは、

王家には結婚まで純潔を貫く決まりなどあったりしますか？」

セスティオが唖然とした顔をした。

「いや、……いやいやいや、そんなルールあるわけがない」

「とするとブライアス様は、ご自分の初めてを大事に取ってらしたのですね」

「そんな言い方をされると言葉が難しいが」

アンジュがますます心配する顔をしたのを見て、セスティオはうーんと腕を組んで視線を上にそらす。

「まぁ、とにかく兄上のことなら心配いらない。この年齢まで童貞、いや行為をしたことがなかったのは、軍人としてお忙しかったのも理由にはあるのだろう。何歳までに経験しなければならないという決まりはないわけだし」

「ですが」

「アンジュがそうキャサリーゼみたいに想像力が豊かになるのも珍しいね？」

腕を解いた彼が、何やら二割増しでにこにこと見つめてくる。

「話をはぐらかさないでください」

「そんなつもりはないよ。ただね、弟の僕から言わせると絶対に問題はない。だからまずそこは安心して欲しいんだ」

「……セスティオ様が、そうおっしゃるなら」

ひとまず悩まないことにしますとアンジュが渋々口にすると、彼は時々勉強を見てくれていた頃みたいな口調で「いい子だね」と言った。

「それでいて僕は、今のこの状況はアンジュ自身が考える、いい機会になるのではないかなと思ったんだ、どうかな？」

「私、ですか？」

「そう。君らしからぬ派手な行動だとは思わない？」

手振りを交えて促され、考えてみると確かにそうかもしれないと思えてきた。

「……も、申し訳ございませんでした。私、ここへ来るまでブライアス様のことで頭がいっぱいで、セスティオ様への配慮に欠けておりました。結婚前のように急に呼び出したりしてしまって、ごめんなさい」

「あー、いいよ、アンジュは僕にとって可愛い妹なんだから。兄上と結婚したら姉にはなるけど」

ともかく、と言ったセスティオがとても楽しそうな笑顔になる。

「兄上のことで頭がいっぱいだったんだよね？」

「え？　はい」

「君がこれだけ行動を起こしたのも兄上に好意を抱いているからであるし」

笑顔でズハリと言われて、アンジュは頬を朱に染めた。

「……嫌いなわけ、ないじゃないですか」

すっかり何もかも見抜かれている。もう恥ずかしすぎて、らしくない屁理屈《へりくつ》な言葉が口から出た。

セスティオが忍び笑いをもらすものだから、彼女はますます言葉数が増す。

「意識せざるをえないでしょう？　結婚するかもしれない相手だと聞かされて、ほとんどの時間をずっと一緒に過ごしてきたんですよ」

いつだったかセスティオに出くわした際には『候補というだけですので』とは何度か答えていた。それは、好きでもなんでもないというアンジュなりの意思表示をしたつもりだった。

ブライアスが結婚の意思を持たないままだったら、きっと悲しい結末を迎えてしまう。だから自己防衛も兼ねて、好意も好感もできるだけ意識しないよう努めた。

「兄上のこと、今は好きなんだね。僕は好きになってくれたのも嬉しいな」

告げられた言葉に、ひゅっと息が止まる。

自覚はあった。だって憧れていた人だ。ブライアスにアプローチされて、心が揺れないはずがない。

一人の男性として接してくる彼に、気付けば恋に落とされてしまっていた。

媚薬のことなんて何度も頭から薄れてしまうくらい、ブライアスを前にすると一人の女性として胸が躍った。

そうして先日の夜、育った感情が臨界点を超え、彼と一夜を過ごした。

だから後悔はなかった。幸せな気持ちと——そして、切なさだ。気付かないようにしてきた感情を受け入れたアンジュは悲しくなる。

(私が抱いていた気持ちは憧れではなくて、……そもそも恋心そのものだったんだわ)

共に育っていった王子様に、恋をした。

だからブライアスのために、彼に相応しい女性になろうと努力した。

そう考えるとすべて腑《ふ》に落ちた。ブライアスと結婚できないことを思って寂しくなったのも、あの夜に気付かされた彼の周りにいた女性達への嫉妬も、アンジュには彼への恋心があったからだ。

(初めての夜があったあとなのに、ブライアス様だけを今日まで心配した)

一つだけ、セスティオは間違えているとアンジュは悟った。

自分の先程までの行動を振り返り、悟って、アンジュは頭の中が真っ白になった。

もう恋ではなく、これは愛だ。

抱かれた夜、愛しいと感じた感情の名前に気付かされた。

愛しい、どうか好きになって欲しい。媚薬の効果ではなく、あなたの言葉で私に微笑んで——。

心の声がどんどん彼女の内側から込み上げてくる。

「さ、冷めてしまう前に飲もうか」

セスティオの声が聞こえて、アンジュはどうにか笑みを返した。大変なことになったと内心大荒れになった心に今だけ蓋をすることに決めて。

(――ブライアス様が愛おしい)

溢れてくる感情が止まらない。今、口にしたらみっともなく涙が出てセスティオに迷惑をかける予感がして、とてもではないが話せない。

(彼が愛おしすぎて、媚薬のことなんて相談できない)

確かなのは目の前のなんでも相談できるはずだったセスティオにさえも、自分がこの件に関して言えなくなってしまったことだった。

五章

王宮から馬車で自宅へと帰ってから、四日。

正午を過ぎ本日も、頭上には気持ちのいい青い空が広がっていたが、アンジュは屋敷から出なかった。

(私が大人しくしている間に、媚薬の効果が消えてくれれば……)

二階にある自室からいい天気を眺めながらも、頭に浮かぶのはそのことばかりだ。読書をする気になれず、開いたままページは変わらないままだった。

セスティオと話したあの日、アンジュは両親の帰宅を待って『家族の予定として入っていた観劇や外食を控えてゆっくり過ごしたい』と伝えた。

両親は、夜にあったパーティーの疲れからだろうと思ったようだ。

外に出たくなるまでしばらくは休むといいと言ってくれた。

ベッドから出られるようになったら、見舞いの品々へのお礼の返事を書く作業などもあった。でも、それが原因ではない。

（ブライアス様を愛してる……）

一人の女性として、彼を心から慕っている。

アンジュは自分の本音に向き合った日がつらかった。媚薬の効果が消えた時のことを想像すると、恐ろしいほどに苦しい。

けれど自分がしてしまったことへの罪を償う覚悟ができた。

そうして今――終わる時を待とうと決めて、ここにいた。

その時、ノック音がした。許可を出すと、レナがおずおずと顔を覗《のぞ》かせる。

「お嬢様、ブライアス王太子殿下からまたお手紙が――」

「そこに置いていてちょうだい」

一人でいたいというアンジュの気持ちを汲《く》んでか、レナは気にしつつも、手紙をテーブルに置いて静かに出ていった。

（あんな薬……受け取らなければよかった）

振り返ったアンジュは、その手紙を見て切ない気持ちになる。

ブライアスの媚薬の効果が消えてくれるまで距離を置くことを決めた。だがタイミング悪く、翌日にブライアスから茶会の誘いがきたのだ。

パーティーでは予想以上の成果を出したらしい。外交がうまくいったお礼にと、彼は手紙に用件を書いていた。

一度断ればしばらく放っておいてくれるだろうと思い、アンジュは断りの返事を送った。けれど媚薬のせいで恋をしている状態である彼を、侮っていた。

とても忙しいはずのブライアスから毎日、『それならいつなら都合がいいか』『会えないか』と手紙が届いている。

「こうしている間に媚薬が抜けてくれれば……」

彼なら今の状況をすべて変えられるだろう。

他力本願はいけないと思うものの、アンジュは彼がどれほど優秀な王太子なのか知っている。もし彼が望まないのなら結婚相手から降りる覚悟だ。

(私は、――ブライアス様を愛している。彼には幸せになって欲しい)

どうして自分が成人前に『彼には幸せになって欲しいから』という理由で身を引いたのか、今となっては理解していた。

何年もかけて育った恋心は、大人になって愛情に変わっていたからだ。

「返事を……また、書かないと」

彼からの手紙を見るたびつらい。

もしかしたら少なからず結婚の意思は育っていたのではないかと、別れを告げた誕生日会の夜を思い出した。

固まっていたのはショックが少しはあったのではないか。

とても美しい大人のネックレスを贈ってくれたのは、結婚ができる年齢になったアンジュに未来の妻として贈ってくれたのではないか――。

そんな都合いいことが思い浮かび、また自己嫌悪に陥る。

「ふぅ」

受け取ったまま返事をしないなんて失礼なことをしてしまわないよう、無理やり立ち上がる。

テーブルに向かったものの、ふっと近くの輝きに目を惹かれた。

そこにあった棚の上に、ガラスケースに収まった美しいネックレスがあった。それは日差しの明るさで見事な輝きを放っている。

「……………今日も、とても綺麗」

切なくなるのに、ブライアスと過ごしたあの素敵なパーティーが忘れられず、一日に何度か見ずにはいられなかった。

素晴らしい彼との先日までの日々も思い出した。

落ち込んでいた心に温もりが戻るのを感じ、アンジュの癒やしになっていた。

「ふふ……私って、案外単純なのね」

ネックレスが素敵なのではなくて、ブライアスからもらったから特別なのだと、セスティオと話した日に気付いた。

「…………ブライアス様、私は……あなたと結婚したいわ」

どこにも、行きたくない。

一度気付いてしまった願望に胸を締め付けられた。これまでと同じように、これからも彼のそばにいたい――。

本心が胸の底から込み上げてきて、また視界が滲《にじ》んでいく。

泣き腫らした目をレナ達に見られてはいけない。

アンジュはスカートをさっと翻すと、ソファにぽすんっと座って、素早くクッションに顔を押しつけた。

ここ数日、ずっとこうなのでそもそも外に出られないのだ。

そうやって涙を無理やり止めていると、そこに力が奪われたみたいにドッと疲れがきて、アンジュはまたしても短い睡眠へと落ちる。

次に目を開けた時、時刻は一時間ほど進んでしまっていた。

「毎日こうではいけないわね」

アンジュは無理やり気持ちを切り替えることにして起き上がる。こんなにも活動しない日々には後ろめたさも感じた。

そう感じるくらいには回復しだしているのだろう。

鏡で顔をチェックし、問題ないことを確認して、テーブルへと向かう。

そこに置かれた手紙を手に取って開いてみると、いつの予定なら都合がいいかと、またしてもブライアスは書いていた。

以前なら、こんなふうに頻繁に手紙はこなかった。

（まるで、一日でも忘れさせないような情熱的な手紙よね……）

嬉しさに胸がきゅんっとする。けれどアンジュは我に返り、ぶんぶん首を横に振ってそんな発想を頭から追い払った。

ブライアスが恋しくなってしまう。こんなのはだめだ。

また涙でも出たらどうするのだと思い、アンジュはさっさと手紙の返事を書いて仕上げた。

「この手紙を出してもらえる？」

部屋を出て一階に下りてみると、掃除道具を持って何やら集まっていたメイド達がいた。

彼女達が驚きを浮かべて振り向く。

「まぁっ、お嬢様、ベルで呼んでくだされぱすぐまいりましたのに」

「どうかしたの？」

何やら焦ったような、誤魔化したいような笑顔をみんなから感じた。

「えっ、いいえ。それならレナに持たせましょう」

「そうですわね。レナはお嬢様担当だと昔から言っておりますから、それがよろしいでしょう」

珍しい感じで彼女達はどこか大袈裟に明るく言葉を交わした。

「それなら私、レナを捜して――」

「お待ちくださいっ、わたくしが代わりを務めます、こちらから玄関は遠いですからねっ」

別にそちらに行くつもりはなかったのだが、玄関に何かあるのだろうか。

その時、走る足音が近付いてきた。

視線を移動すると、ちょうど玄関の方向からレナが姿を現す。

「レナ、あなたを捜そうとしていたところなの。手紙の返事を書いたから――」

「ちょうどよかったです！　それでは郵送手配をしてきますねっ」

「ちょうどいい……？」

アンジュが言葉を繰り返して小首を傾げると、レナが「あ」という感じで笑顔を固まらせた。

とはいえ、どうしても欲しかったみたいにアンジュの手にある手紙は抜き取る。

「いえ、なんでもありませんのでお気になさらず。ほら、今出せばすぐに返事が来るかもしれませんし？」

「そういえば、いつもブライアス様からの返事は早い気がするわね」

「そ、そ、そうでしょうか？　たまにある当日の夕刻配達もアレです、偶然というか。タイミングがちょうどよかっただけで……それでは行ってまいりまーす！」

まるで逃げるみたいにレナが走っていく。

他のメイド達も「仕事仕事」と言いながら解散していった。

不思議に思ったものの、久しぶりにメイド達の開放的な姿を見て少し気が和らいだ。両親や兄、執事がいたら昔みたいにこうは接してくれない。

（今度こそ、本でも読みましょう）

私室には読んでいない本を用意してあったが、気分転換に向かう先を書庫へ変更することにした。あそこは屋敷の西側にある庭園が見える。

二階に上がって、私室とは反対側へと廊下を進んだ。

ふと、窓の向こうに見える柵越しにある通りに目が惹かれた。

一瞬だが、町の警備用の見慣れた装飾馬ではない白馬が駆けて行った気がする。

「王宮の騎士服……？　いえ、まさかね」

彼らが来るのは、王宮からの要人の手紙を運ぶ時くらいだ。それだけブライアスが恋しいのかもしれないとアンジュは苦笑する。

書庫へと入り、庭が眺められる窓辺で読書を始めた。

しばらくするとレナが手紙を出したという報告とともに、紅茶を持ってきた。

「私室にいなかったのでお捜ししました。遅れて申し訳ございません」

「あ、誰にも伝えていなかったわね。いいの、私が悪かったわ、ごめんなさい」

「大丈夫です！　お嬢様なら本が置かれている場所かなとは目星がついておりますので」

「ふふ、そう。夕方までみんな帰らないでしょうから、それまでここにいるわ」

「かしこまりました」

レナが窓の向こうのいい天気を見て、躊躇い、そして頭を下げて出ていった。

（――散歩をしないか、と提案したかったのでしょうね）

悪いことをしたとアンジュは思った。

レナはずっとそばにいたメイドだから、悩みを隠そうとしていることも察しているのだろう。気分転換をさせたい様子はここ数日感じていた。

（伯父様に会いたい。あの媚薬はいつまで効果が続いてしまうの？）

ダグラスへは伝えたいことがたくさん浮かんだ。言葉にまとまらず、何度か試そうとしてみたが手紙を書くことはできなかった。

会って、直接話したい。

悩みを打ち明けたい。そして、どうすればいいのか助言が欲しい。

父に聞いても忙しいようだと言われて、タイミングの悪さにはほとほと呆れてもいる。

（今度はどこの家で談話を楽しんでらっしゃるのかしら？）

両手をぐぐっと伸ばし、窓の外の青空を見る。

「いい、天気ね……」

焦っても状況は何も変わらない。時間が過ぎるのを、待つことしかできない。そうしてタイミングを待つしかない――。

腰を落ち着けて本を読み、眠りたくなったら眠ろう。

そう考え、アンジュは書庫の奥にある寝椅子へと席を移動した。ここにいると窓からも遠いから、時間の経過を気にしなくても済む。


それからさほど時間は経っていないと思う。

眠気もまだ訪れていない。

「何かしら？」

ふと、アンジュは扉の向こうの騒がしい音に気付いた。

立ち上がろうと思って本を閉じた時、ちょうど扉が開いた。そこから躊躇いがちに顔を覗かせたのは、レナだ。

「あの、お嬢様……」

「まぁどうしたの？　二人だけの時はそうかしこまらなくていいのよ」

笑顔で手招きしたアンジュは、次の瞬間表情ごと固まった。

レナが扉を大きく開くのも待たず、後ろから手をついて開けてしまったのは、ブライアスだ。

「突然だが、失礼する」

「ブ、ブライアス様……っ」

宣言とともに入室してきたブライアスに気が動転し、立ち上がったアンジュの手から本が転がり落ちる。

（まさか続けて断られただけで屋敷に？）

予想外でアンジュは激しく動揺した。

両親も不在の今、対応できるのはアンジュだけだ。それでいて今は婚約者でもある。レナも気にしつつ「ごゆっくり」と言って扉を閉めていった。

「本、落としたよ」

拾い上げたブライアスが、アンジュに――ではなく読書用のテーブルに置いた。

「あ、ありがとう、ございます……」

なんとなく警戒してアンジュはソファの横に後ずさる。

今の彼なら本を手渡していたはずだ。しかしそのやりとりさえ省いて、向き合って話したい何かがあるのは察せた。

「ど、どうしてこちらへ」

「どうして俺を避ける?」

核心を突かれて言葉が詰まる。

それは会いたくなかったから、なんて正直に答えられるはずもない。

(あなたへの愛を隠せるほどの余裕なんてなかったから)

本人を前にすると再び心が乱れだす。愛している、避けたくはない、そんな本心をアンジュはぐっと抑えた。

「……しょ、少々都合が悪くて」

向かってくる彼に冷静さをかき乱されないよう、じりじりと距離を取りつつ答えた。

「毎日か? それも、初めて君と夜を過ごして以来だ」

それとは関係がない。

でも、彼にどう答えればいいのか分からない。

(あなたに惹かれて、愛してしまったからよ)

あの夜に気付かされた嫉妬。その理由が愛であると、パーティーの後日に彼の弟によって明確になった。

パーティーでブライアスの周りに集まった女性達を羨ましく思った。

これまでアンジュにだけ向けられなかった愛想がいい表情。その社交付き合いの顔だけでもいいから自分にも向けて欲しいと願った。大人の世界で輝くブライアスに密かにずっと憧れて、淡い恋心を抱いていたのだ。

それを媚薬の効果が残っている彼に知られてはいけない。

もし――ブライアスが他の女性との結婚を望むことがあったら、彼を苦しめてしまうから。

すると、焦れったいと感じたのか彼の歩みが速まった。ぐんっと距離が縮まる。

「こないで」

「そんな希望は聞けない」

あ、と思った時には彼の腕が腰に回り、アンジュは引き寄せられていた。

「アンジュ、逃げないで」

力強く腕の中に囚《とら》われて動けなくなった。二人の隙間がなくなり、感じるブライアスの体温に身体が甘くときめいてしまう。

「に、逃げてなどおりません」

「君をそこまで動揺させてしまうほど、あの夜がいけなかったのか？　俺は君を満足させられないほど下手だったのか？」

「そんなことはありませんっ」

アンジュは断言できた。

下手なんて、あるわけがない。初めてとは思えない素敵な夜だった。彼の一番目の女性になれたことへの喜びもあった一夜だ。

「そ、そうだったら私、あんなふうに乱れていません」

「ならば、何がいけなかった」

「っ」

言えない。彼にだけは話してはいけない。

(媚薬の効果が消えた彼でなければ今後のことも話せないし……)

「それでは何か悩んでいることがあるのか？」

アンジュはぎくりとした。咄嗟に口を強く閉じ、首を左右に振る。

「そうか。――それなら聞き出すまでだ」

ブライアスが不意に本棚へ押しつけた。自身の膝をアンジュの脚の間に割り入れて固定してしまう。

「やっ、何を……あっ」

ブライアスが首筋に吸い付いた。大きな手が荒々しく身体をまさぐってきて、それだけであの夜の快感がじんっと熱を灯す。

すると、彼がスカートもたくし上げにかかった。

「あ、だ、だめです」

「君が話したくなるようにしてあげよう。快感を覚えている間の君は、普段よりも素直になる」

中心部に辿り着いた彼の指に、びくんっと背がのけぞる。

「あ、ぁ……や……だめ……」

愛する人と繋がる至福の瞬間を覚えたそこは、敏感な部分を愛撫されるとすぐに淫らな熱を起こした。

ブライアスはアンジュの首筋、鎖骨、胸の谷間へも吸い付いていく。

ドレス越しに乳房の先をかする程度の力加減で執拗《しつよう》にこすられると、あの夜みたいに身体の芯が熱くなって愛液がもれてくるのを感じた。

「アンジュ」

肌に舌を這わせる彼の吐息が、熱い。アンジュはぐっと押しつけられる硬さを感じて、彼がすでに欲望を大きくしていることにハッと気付く。

(彼がこんなところでしようとしているのも、媚薬のせいで……？)

「アンジュ、俺に集中して」

「あんっ」

ブライアスがドレスの胸元を引きずり下ろし、ぷるんっとこぼれた乳房を握って見せつけるみたいに先端部分を舌でこねくり回した。

ぞくぞくと下腹部へ愉悦が溜《た》まっていく感覚がする。

「あっ、ああ……ブライアス様……」

彼が苦しんでいるのなら『嫌』とは言えない。

自分の胸の先端が硬く主張していく様子には恥ずかしさしかなかったが、手の甲で口を塞いでブライアスの愛撫を受け入れる。

下からくちゅくちゅと聞こえる音も恥ずかしかった。

そこはとっくに下着を濡らし、彼の指の動きで柔肉が情欲に染まっている。

「声を我慢しないでいい」

ブライアスがアンジュの手を下ろし、唇を奪ってきた。

「んっ、んんっ」

舌が強引に滑り込み、口を開かされた。咥内を激しくもみくちゃに刺激されて力が入らなくなる。

それを見越したみたいにブライアスの唇が離れた。同時に、下着が足元へと落ちていく。

「ひぅっ」

ブライアスの手が、アンジュの花弁をぬちゅりと開く。

「ああ、開いただけで蜜が垂れてきた」

自分でもつぅと太腿に滴ってくるのを感じた。

入り口をさらに広げられると、中が欲しがってうねっている動きまでアンジュはよく分かった。

「やぁ、恥ずかしい……」

「こんなにも濡らして、そこまでこの前の夜が恋しかった？」

恋しい、欲しい。そう込み上げている悩ましい情欲から目を背けるように、アンジュは顔を横に背けた。

ブライアスの指が、開いた花弁の中心へと埋められる。

そこが美味しそうに彼の指を呑み込むのを感じて、アンジュは背を甘く震わせた。彼は入り口を探ってくる。

「あぁ……あっ、ああ……」

膣壁をこすられて奥まできゅんきゅんと快感が響いた。

彼に触れられていると意識するだけで、自分の身体がどんどん敏感さを増していく気がする。

「ここでするのは嫌だと言っていた割には、随分よさそうだ」

好きな人に触れられているのだから当然だ。

（あ、あ、気持ちいい）

ブライアスの熱量に溺れそうになる。けれど、望んで受け入れていると察せられていいのか迷いがある。

彼のジャケットを握り、どうにか声を押さえようと考えた。

「君は嘘が下手だ、――案外強情でもある」

不意に、荒々しく彼の指が深いところを突いてきた。

「あぁぁっ」

アンジュはたまらず彼の肩に手を置き、寄りかかった。そうすると彼が愛液をかき出しながら隘路を広げて出し入れをする。

「あぁん、ああ、あ、はぁっ、ン」

ぐちゅぐちゅとかき回されて声が止まらない。

びくびくっと反応してしまうたび、そこをブライアスが重点的にせめてきて、腰が甘く震えた。

「気持ちいいか？　中が愛らしいほど俺の指に絡んでくる」

「あ、あっ、押し込まれるの気持ちいい、気持ちいいの、あぁ、ブライアス様」

果てる感覚が迫り、自分から腰を当てにいってしまう。

「そうか」

笑う吐息とともに、彼の指がぐっと曲がった。

「あっ？　――あぁぁっ」

そこをぐっと押し上げられ、強烈な快感で呆気なく絶頂した。

「ここが君のいいところだ」

「あ、あ、だめ、指、止めて……っ」

収斂が収まってもいないのに彼の指に奥を刺激され、揺らされる。

そうすると、またしてもアンジュは予期せず腰が高く跳ね上がった。

「あ、ああ、私、またイって、あっ、あっ」

ブライアスは終わってくれない。絶頂するたび上書きされ、気持ちいい、気持ちいいと頭がいっぱいになる。

もっと、もっととアンジュの腰は勝手に不埒《ふらち》に動いた。

果てているのに、次第に広がった隘路は指では満足しなくなる。

「いやらしくて愛しい、また軽く果てたのに俺の指を物欲しそうに締め付けてくるな？」

ブライアスがくすりと笑う。

彼は分かっているのだ。アンジュが我慢できなくなるよう仕向けているのだろう。

「ブライアス様、もうこれ以上イくのは無理で——ひぅっ」

いいところをぐちゅりと押し上げられて、アンジュは頭が真っ白になった。

太腿ががくがくと震える。彼のジャケットを強く握り締めて崩れ落ちることに耐えていると、ブライアスが花芽も撫《な》で回《まわ》す。

「やあっ、あっあ、同時はだめ、だめです、気持ちよすぎてっ」

内側で大きくなった快感が、外からの気持ちよさとともに弾けた。

蜜壺が奥の奥まできゅぅっと締まるような感覚。彼の指を締め付けた隙間からぷしゅっと蜜が噴き出す。

強い果てだった。しかし中が痙攣し、うねって、疼きが止まらない。

「俺も──もう限界だ」

両肩を掴まれ、軽く押されて再び本棚へ背がつく。

濡れた中心部にくちゅりと触れた熱を感じ、アンジュは身を甘く震わせた。

「悩んでいることを俺に正直に話すなら、と駆け引きするつもりだったが、それならあとでもできる」

「え？　あっ」

彼の欲望がひくつく秘裂を押し開き、直後にずんっと突き上げてきた。

「あぁあぁっ……あぁ……っ」

蜜壺をいっぱいにする熱に快感が爆《は》ぜた。

「あ、あ、深い……」

もう入らないところまでギチギチに押し上げられている気がする。

ブライアスが両腕で腰を抱き、アンジュの身体を持ち上げる。戸惑っていると彼の上へ落とされると同時に突かれた。

「あっ……！」

さらに深く、そそりたった熱の先が子宮口に入り込むような感覚。

「だめ、ブライアス様、これ、ああっ、あん、あぁあ」

最奥をずちゅ、ぬちゅと何度も押し上げられる。

引き上げられる瞬間に蜜壺が切ないほどうねって、未練がましく彼を引き留めようと膣壁を絡めてすぐ貫かれる。

奥に収まるたび、目がちかちかするほどの快感が走り抜けた。

「あっあっ、私、もうイく、イっ、あぁぁあぁっ」

子宮がぞくんっと甘く震えた時、ブライアスに容赦なくいいところを突き上げられて愉悦が中で弾けた。

中が強く収斂を繰り返す。

するとブライアスが、今度はじっくりと抜き差しをした。

「あ、あ……っ、ゆっくり、やぁっ」

時間をかけて引き抜かれると、気持ちよさが倍増し、奥をとちゅっと突き上げられた瞬間に軽く果てたような快感が脳天まで突き抜ける。

「相変わらず悩ましいほどの締め付けだ。君に、好きだと言われている気がする」

「えっ」

「俺のものを気に入ってくれたようで何よりだ」

ブライアスが苦しそうな吐息をもらして、今度は強くアンジュを自分の上に落とし、同時に下から突き上げる。

「あっ、あぁんっ、ああっ」

アンジュは彼の首に手を回した。

ほっとすると同時に、これが永遠でないことに切なくなった。そうしたらもっと彼を感じたくて、中がきゅんっと締まって快感が増幅した。

たとえ媚薬のせいであったとしても今は、とアンジュは不埒に腰を動かして彼の行為に協力する。

(好き、好きです、愛してます)

ブライアスが「くっ」と呻き、唐突に腰を止めるとそのまま歩きだした。

歩く振動で奥が揺らされて、アンジュは意識が飛びかけた。

「だめ、歩かないで、奥が、あ、あっ」

だが勝手に果てかけた時、アンジュはブライアスと共に寝椅子へ倒れ込んでいた。

上になった彼が、ふぅと息を吐いて背を起こし、前髪をかき上げる。

「このほうが君も負担がなくていいだろう」

アンジュの胸が甘く高鳴った。それは完全に不意打ちだ。

（私のことを考えて……？）

確かに姿勢は楽になった。クッションがいい背もたれになって身体に無理がない。

でも、かえってそれはまずい状態だ。そう予期した時『逃がさない』と言わんばかりにブライアスが腰を密着させてアンジュを寝椅子に押しつけた。

そのままかき混ぜられ、ぞくぞくと全身が甘く引きつる。

「あ、あ、だめ、奥が、あぁ、感じすぎて」

しかもこの姿勢で押しつけられたまま回されると、花芽もこすれた。達しかけて何度も身体が跳ね上がる。

ブライアスがアンジュの両手の指を絡め、握った。

「そのままイってもいい。ほら、外でもイけ」

ぐりぐりと彼が揺らしてきて、アンジュは太腿が勝手に大きく開き、そうして数秒後には痙攣していた。

繋がった両手を寝椅子に押しつけられる。

逃げられない体勢のまま、ブライアスが上から深々と貫きを開始した。

「あぁっ、……あっ……はぁん……っ」

ぐずぐずに蕩けきっているのに、彼はいまさら丁寧に出し入れをしてくる。

「やぁっ、だめぇ……強い気持ちいいが続いて……あぁぁ、おかしくなる……あぁ」

体勢が楽になったことによって、アンジュの身体は愛する人を感じようとさらに感度を増していた。

優しく前後されているだけなのに、愛液が驚くほど溢れた。

恥ずかしいくらいの水音まで立って、それも彼女を興奮させる。

「さあ、俺に隠そうとしていることはなんだ？　何が君を悩ませている」

「あぁあ、ブライアス様、やめ……」

「やめない。どうして俺に言えない？」

丁寧に入れては引かれ、悩ましいほどの愉悦に意識が持っていかれそうになる。

（ブライアス様を感じる……私の中で、動いて……）

愛しい、好き、感じるたびそんな想いも溢れる。

「俺はこんなにも会いたかったのに……なぜ避けるんだ。いつも相談してくれただろう」

嬌声が止まらない中、アンジュはぼうっと考える。

（あ、そうだったわ、私のそばにはお兄様かブライアス様しかいなかったから）

ブライアスには迷惑をかけたくなかった、という理由もある。

アンジュは十歳年下の婚約者候補だった。慣れない社交で何かあった時にも、対応に不備がないか確認も兼ねて相談した。

『ダンスを？』

『は、い……私、そのお方が怖くて逃げてしまって……』

『そんな無理強いは断っても問題ない』

過去の、彼の怒ったような声が耳元に蘇った。

アンジュは「あっ」と思い出す。その次のパーティーから、彼はファーストダンスを必ず踊るようになったのだ。

ダンスの時間が終わるまで踊るようになったのも、その頃を境に、ではなかっただろうか。

少しはアンジュをパートナーとして気にかけてくれた？

（それならこうしてくれている行為の中にも彼の『好き』が、ほんの少しでもあったりするの？）

期待に胸が甘く高鳴る。そうすると蜜壺が快感を増幅させた。

そのタイミングでブライアスが不意に、ぱちゅんっと腰を落として、いいところをぐぐっと押した。

「んやぁっ」

彼の形まで分かってアンジュは背を甘く震わせる。

「アンジュ、何か悩んでいるのなら教えてくれ。俺は、君が知りたい」

快感と、そうして切なさで涙が浮かぶ。

アンジュは彼の考えが分からないままだ。彼に出す紅茶の銘柄や、身に付けなければならない婚約者の食事の好みだけでなくて——彼自身が好きなものや、好きなことを知りたかった。

「何を隠している。言わないとずっとこの状態だぞ。俺はそれでも構わないが」

ブライアスが、今度は浅瀬をゆるゆると刺激してきた。

「あ……あぁ……ぁっ……」

届かなくなった奥が『欲しい』と切なく疼く。

けれどアンジュは、理性を総動員して首を横に振った。するとブライアスが今度は、回して少しかき出してくる。

「あぁっ……あ……ああ、気持ちいいっ……」

アンジュは広がっていく自分の脚にも羞恥の涙を流した。

入り口が彼の熱でぐるりとこすられ、蜜壺の中腹まで揺らされる。

「あっ、あ、横に揺らすのもだめなの、だめぇ」

「ここも、好きか」

ブライアスがぎしりと寝椅子を軋ませ、上から押し込んでは回す。

そうすると奥よりも手前にあるいいところがこすられた。

「あぁん、はぁっん、ああだめ、それ、我慢できなく、なっちゃ……っ」

――欲しくなってしまう。

突き上げてと願う頭の芯が熱で焦げそうだった。果てそうで果てない快感に、下半身がぶるぶると震える。

「ふっ、うぅ……ブライアス様、許して……お願い……」

アンジュはおかしくなりそうな気持ちよさと、彼への愛情にとうとう涙をぼろぼろとこぼした。

好きだとは、愛しているとは言ってはいけないのだ。

大人の女性として扱ってくれるブライアスは魅力的だ。でも、アンジュは媚薬の効果がなかった時の彼だって愛している。

好きで、愛おしくて、おかしくなりそうだ。

ブライアスが止まった。ふっと見上げたアンジュは、どこか苦しそうな表情を見てハッとした。

「君に、そんな顔をさせたくないから俺は――っ」

そんなブライアスの表情は初めて見る。

(『俺は』……？)

言葉の続きを待ったアンジュは、不意に荒々しくブライアスに唇を重ねられた。

「んんっ、んっ、んぅっ、ん」

激しいキスとともに彼がのしかかってきて、かき抱かれると同時に欲望が深々と最奥まで収まった。

「んーっ、んんっ、んっ、んっ」

膣奥まで貫かれた瞬間に快感が弾けた。びくびくっと震えた腰を、彼は自分の身体で押しつけて力いっぱい抉《えぐ》ってくる。

欲しかった刺激に何度か軽く快感が火花を散らした気がした。

でも激しく愛されて、よく分からない。

突き上げるブライアスの激しさに、寝椅子が音を立てている。

耳に響く不埒なキスの音と、繋がった場所から響く二人の情事の音で興奮は倍増する。

(あ、あ、くる、大きいのがきちゃう)

快感と軽い絶頂が上書きされて、果てても果てても終わらない感覚。

それが、強烈なものとなって迫ってくるのを感じる。

焦らされ続けた中が疼いて止まらないのだ。遠慮のなくなったブライアスとの行為は気持ちよすぎた。

(一緒に、彼と果てたい)

彼の余裕のない突き上げを手伝って、アンジュは脚を彼の腰に絡めた。

そうすると彼の一突きごとが真っすぐ子宮まで届く。

「んぁっ、ふぁっ、あっ、んん、んぅっ」

アンジュはブライアスの舌に必死に自分のそれを押しつけ、夢中になって不埒に腰をうごめかせた。

（好き、好き、あなたが好き）

ブライアスのものがぐぐっと大きさを増す。

「はっ、あ、アンジュ……っ」

唇を離した彼が、力強くかき抱いてきた。アンジュの耳の下や首に吸い付いていく。

「アンジュ。俺の愛しいアンジュっ」

「あ、あ、ブライアス様っ、ブライアス様！」

名前を呼ばれると愛されていると感じて幸福感が快感を押し上げる。

律動が速まり、アンジュもその荒々しい欲望に振り落とされないよう彼を愛おしげに抱き締めた。

中で、彼の熱がぐっと膨らむのを感じる。

がむしゃらにそれを突き動かされて、一緒に、と思うもののアンジュは高みへと押し上げられた。

「あっあっ、――あああぁあ！」

腰がびくんっと跳ね上がり、浮いたままがくがくと痙攣した。深く濃く、意識が引っ張られそうになる恍惚とした果てだった。

蜜壺から全身に甘い快感が広がっていく。

「くっ——アンジュ、もう、出るっ」

浮いた腰をブライアスが強く抱き寄せた。

(えっ)

彼は強く密着したまま、腰をぶるっと震わせる。

最奥に熱い飛沫《しぶき》が注がれるのを感じた。

「あぁあ、あぁ、あ……っ」

奥に吐き出される精に下半身がびくびくっとはねる。

アンジュは子種を注がれて、またしても絶頂を迎えていた。

(あ、あ、だめ、だめなのに)

締まった膣壁が彼のどくどくと吐き出す熱を搾り取って、自分の奥へと呑み込むのが分かる。中のうねりを止められない。

しばらく一番奥で繋がったままじっとしていた。

ブライアスが短く最後の精らしきものまでびゅくんっと膣奥に吐き出し、ようやく腰から力を抜く。

「な、中に出すなんて」

「何か問題でも？」

荒い息遣いをしながらどうにか声をかけたら、彼もまた同じく息を乱したままじっと見つめ返してくる。

「問題ならあります。わ、私達はまだ婚約者です」

「俺は理性的だ。君を引き留める理由になるなら、なんでもする」

「それはどういう……あっ」

胸板に添えた手を押し返すみたいにのしかかられたかと思ったら、ブライアスが挿ったままの熱を揺らしてくる。

「あ、あ、何をなさって――」

「まだ、残ってる」

何が、とは尋ねなくとも分かった。

動きだした彼の熱はむくりと力強さを取り戻している。

「やあ、あぁ、ブライアス様、今動かれたら、私っ」

だからだめだと言おうとしたアンジュは、左右に両手をついて至近距離から見つめてきたブライアスのブルーの目に息が止まった。

彼もまた、アンジュと同じく情事の熱を宿している。

「まだイく余裕はありそうだな。それはよかった。もう一度出す」

彼が両手をついたまま抽挿の勢いを増す。

奥を突かれると、アンジュはもうだめだった。

「あっあっ、あぁイく、気持ちいい、あぁぁ」

もう一度二人で果てられることに欲望が傾《かし》いだ。

二人で果てたあの瞬間だけ、アンジュはブライアスと心まで一つになれたように感じるから。

ブライアスがぐりぐりと押しつけてきた。

「あっんんぅ！」

達してぞくんっと下半身が震えると同時に、彼が狙ったように奥で再び吐き出した。

（また、中に……）

快感で恍惚と痙攣しながら注がれるのを感じていた。

気持ちよすぎてもう指一本動かせそうにない。

「心配しなくてもいい。君は俺の妻になる人だ」

ブライアスがアンジュの頬に手を添える。彼女は優しさにきゅんっとして、大きなその温もりに頬をすり寄せてしまいたくなった。

「君は、俺が娶る。俺達の挙式も来月に決まった」

アンジュは肝が冷えていく心地がした。

「十二日後には君は俺の妻だ。これから忙しくなるだろう」

ブライアスの顔が迫る。

キスをねだる彼にアンジュの胸は喜んでしまい、彼女は切ない気持ちに苛《さいな》まれながら口付けを受け入れた。

「……んぁっ、はっ、ン」

すぐ舌を絡め合うキスに変わる。深く口を重ねながら手を握られると、愛されている幸せが込み上げて切なさも増した。

彼をそれほどまで愛しているのだと実感した。

早すぎる挙式に心臓はどくどくと不安を打っていた。

六章

その決定は、その日に決まったことだったらしい。

身を整えたブライアスが帰るのを見送って数時間後、アンジュは帰宅した両親に祝いの言葉を告げられた。

社交の途中で光栄にも国王からお呼びがかかり〝みんなで〟会場のことまで話したのだと、父も母もリビングでの休憩で話が止まらなかった。

「ブライアス様も会場の決定までそちらに……?」

「ああ、当然いらしたよ。その場で話し合えることが色々と決まったところで、私達にあとを任せてくださった。お前に知らせにいらしたのだろう?」

「そ、そうです」

それは事実なのだろうかと疑心暗鬼が込み上げる。

結果的には知らせるという目的を果たしたが、ブライアスは手紙の返事がもらえなかったからやってきた。

アンジュを抱いている時『会いたかったのに』と言っていた。

本来の彼なら『会いたい』なんて、ない。

（ブライアス様は媚薬の効果で私に『会いたい』と……）

夕食では兄も交えて挙式についてどれだけ決まったのか改めて聞かされた。その話は半ばアンジュの耳を素通りしていった。

抱かれた疲れもあり、アンジュはその日も早く休んだ。

翌日、急な展開への整理が少しついて頭が一層がんがんと痛んだ。

（大変なことになってしまったわ）

家族の話によれば結婚式の会場も決まり、スケジュールが組まれて出席者への声かけも始まっているとか。

二日後には、この屋敷に王族御用達《ごようたし》の仕立て屋がくる予定だ。

「その日は私も同席するわ。一人ではとても忙しいでしょうからね。結婚準備は大事なことだもの」

「は、はい……」

父と兄に続き、母が夫人友達との茶会に出るのをぎこちない笑顔で見送ったアンジュは、玄関が閉まると同時に表情を失った。

挙式の日取りが決まってしまった。

もう、どちらかが『無理』と言っても結婚を取りやめることはできない。

ブライアスが伴侶《はんりょ》を選ぶ自由を結果として奪った。

その気持ちは媚薬のせいだと告げていたほうが、事態はこう重くならずに済んだのだろうか。だが、今となってはそれさえも遅い。

(いいえ、ダグラス伯父様なら)

アンジュはスカートを握ると、引き返しながらレナを捜した。

「レナ！　お父様達からも全然話題を聞かないのだけれど、ダグラス伯父様のこと、何か聞いてない？」

一階の共同ルームで仕事をしていたレナを見るなり、アンジュは声をかけていた。

「えっ、ダ、ダグラス様ですか？　あ〜……知らない、です……」

レナが視線を逃がしていく。歯切れも悪い。

これは――あやしいとアンジュは思った。彼女を自分のメイドとして信用したのは、その嘘をつけない表裏のない性格も理由だった。

「もしかして、口止めでもされているの？」

「うっ、それは……」

「だって、こんなにも会えないなんておかしいもの。もうとっくに落ち着いている頃でしょう」

それにダグラスはフットワークが軽い人だ。挙式が決まったのに『やぁおめでとう！一緒に夕食でもして祝おうじゃないか！』と父に予定も知らせず突入してこないなんて、彼らしくない。

ダグラスは王都にいる時は、いつだって騒がしくして父の悩みの種だった。

「ええと、私は旦那様達の情報はあまり知らされない身ですし……旦那様達も社交の場ではお見かけしていないそうです」

じっと見つめていたら、レナが観念したようにひそひそと答えてきた。

周りのメイド達を気にしている様子からすると、口止めをされているみたいだ。

「レナ、今からダグラス伯父様の邸宅を訪ねるわ」

「えっ、い、今からですか？」

「自分から理由を聞く分に関しては、構わないでしょう？　……それに私、どうしても伯父様と話したいことがあるの」

もう結婚式の日まで決まってしまった。今すぐにでも動かないと。

アンジュの途方にくれた表情を見て、レナが心配しきったみたいにおろおろとした。

「わ、分かりました。お付き合いいたします」

「ありがとう。無理、してない？」

「いいえ。私からは今は何も申せないのですが――お散歩に行きたいことを申し伝えてきます」

レナが周りを気にして、それからアンジュに耳打ちした。

ダグラスという名前を出すのはまずいようだ。そういう体《てい》を取ることで外出ができるのならそれで構わない。

「ありがとう。お願いね」

レナは信頼できる御者を手配すると、詫びのように協力的な姿勢で外出の支度をした。

◇◆◇

その頃、王宮で公務に励むブライアスは悶々とした気持ちを毅然とした表情の下に抱えていた。

「それではエルワイズ帝国との軍事の交渉については各々そのように――皆の者、ご苦労だった。引き続き頼む」

「はっ」

それでは解散だとブライアスが告げると、軍人達が話の決まったことについて言葉を交わしながら大会議室を出ていく。

それを、貴族達が感心したように眺めた。

「さすがはブライアス王太子殿下、軍部の者達もスムーズですな……」

「殿下は現場を知っておられるからな」

王太子は褒め言葉を望んではおられないのでさあさあ、と宰相と外交大臣が促して貴族達も移動を始める。

ブライアスは、確かに忙しい。

彼は――手を組み、そこに額を押しつけた。

（……今日、返事がなかった）

アンジュの屋敷へ足を運んだのが昨日のことだ。ブライアスは急な訪問についての詫びと、彼女への『愛してる』を書いて今朝公爵邸へ届けさせた。

アンジュは普段、正午からそう過ぎない時間には律儀にも手紙の返事を書いた。

だが、部下から手紙を預かったという報告はない。

もうすでにブライアスは、催促の手紙を彼女に出したい気分だった。

（いや、それだとしつこい男だと思われるかもしれない。しかし……）

彼女の声が聞けないのなら、せめて彼女の字だけでも見たい。

アンジュはとても綺麗な字を書いた。少しペン先から力を抜き、優しく紙をなぞるように書かれる書体は美しい。

昔からそばで彼女の手が字を生み出す様子もじっくり見つめていたブライアスは、字を見ると、アンジュの書く風景さえ想像できた。

このあと、ほんの少しなら時間がある。

二通目の手紙を届けさせてみようか――と考えたところで、ブライアスは深々と溜息をこぼした。

(それもまた重すぎるか)

貴族達を見送っていたセスティオが、それに目敏《めざと》く気付き、素早くやってくるなり隣の椅子に腰かける。

「兄上、本当に何も悪いことはしていないのですね？　結婚を前にしてとうとう兄上が嫌になったとか」

「やめろセスティオ」

それはブライアスがここ数日考えないようにしていることだった。

自分の行動を振り返っては一つずつ、あれがだめだったのではないか、これがだめだったのではないかと悩みがずっと尽きないでいる。

「お前は少し、兄を放っておこうという良心はないのか？」

「お言葉ですが、アンジュとお茶もできないのはあなたのせいだと、僕がキャサリーゼから非難を受けているのですよ。それが兄上にいかないよう止めている僕を、評価して欲しいくらいです」

「それは……すまなかった」

彼女はアンジュを大層気に入っていた。

婚約をしたのに自分はまだお祝いを直接言えていないと、ブライアスがなかなか連れてこないでいることにピリピリしている。

ブライアスとしては、アンジュの時間を彼女に取られるのが少々嫌ではある。

昔から、仲のいい様子には嫉妬していた。だから自分の茶会のあとに連れて行く、とだけキャサリーゼには伝えてあった。

その茶会の誘いは、先日までアンジュに断られ続けてしまっていた。

茶会も、ただただブライアスがアンジュと過ごしたいだけだ。外交の祝いに、と理由をつけて彼女が来られやすいよう配慮した。

ブライアスはアンジュと一つになったあの夜、アンジュの気持ちも自分と同じだと思っていた。

それなのに、――予想外の会いたくないという態度だ。

『まさか、へたくそだったのか!?』

ブライアスは動揺し、思わず弟に相談してしまったほどだ。

『どう思うセスティオ！』

『やめてくださいっ、夜の内容は絶対に僕に話さないで――話すなと言っているでしょうっ、兄のそんな話は聞きたくないんですけど！』

セスティオがたまらず逃げ出し、王宮では『珍しくご兄弟で追いかけっこをされておられた』と噂になった。

なんとも情けないことだが、ブライアスはアンジュのことになると、冷静ではいられない。

先日のアンジュの反応を見るに、ブライアスとの初めては悪くなかったらしい。

愛らしくも頬を染めながらうっとりとしていた彼女に『気持ちいい』と言われて、ブライアスはほっとした。

一昨日は、何やら結婚に前向きになれない理由を抱えているらしいと気付き、聞き出したくてたまらなかった。彼女はこれまでブライアスを信頼して隠し事などしてこなかったのに、話してくれない。

珍しく強情なアンジュを見て、彼も聞き出してやろうと躍起になった。

本気で嫌がるならやめるくらいの理性は持ち合わせていた。

けれど――アンジュが、まるで愛して欲しいと言わんばかりにブライアスを熱く見つめてくるから。

触れていた際の反応を見ても、アンジュが拒んでいないことは分かる。

むしろ書庫での愛し合いには積極的で、ブライアスもついつい自制がきかず数回致してしまった。

引《ひ》っ叩《ぱた》かれることを覚悟で世話をしながら詫びたのだが、彼女は恥じらっただけでやはりブライアスを許した。

(それなのに、なぜ避けようとする？)

こちらを見つめる彼女の目には、恋焦がれに似たものを感じた。

彼女からはまだ『好き』だと言われていないのだが、もしかしたらそうなってくれているのではないかと期待した。

だから心を込めて愛していることを伝える手紙を送ったのだが――。

いや、一昨日まで送り続けた手紙だって、ブライアスは心からの愛を伝えるべく書いた。

アンジュに、自分を好きになって欲しいから。

一度離れる決心をしてしまった彼女の心を繋ぎ止め、政略結婚ではなく、彼女とは恋愛結婚を遂げたい――。

「……ブロイド伯爵の手の者が接触したとは、部下から知らせは受けていないが」

顎を手で撫でたブライアスを見て、セスティオが口元をひくっとさせる。

「勝手に部下達を護衛につけて……愛が重いですよ、兄上」

「うるさい」

ブライアスもそんなことくらい自覚している。

今日まで、アンジュとの結婚のため勉学も肉体作りも励んできた。自分達が夫婦となる時の味方作りにも努めた。

だがすべての者が味方ではないのも事実だ。

そうして——危険分子に変わってしまった者達もいる。

「とはいえ当時から続く態勢のおかげで、今の安全が守られているのは幸いです。説得が難航そうであると父上が報告を受けたのは聞いています。僕はお役に立てず……申し訳ありません」

「お前のせいではない」

今回、問題になっている者達について悩んでいる弟の頭を、ブライアスは目も向けずわしわしと撫でる。

「ダグラス様も先にご結婚されたほうがまだ安全である、とのことで話がまとまって今回そうされたわけですが……大丈夫なのですか？」

「ああ、問題ない」

「本当ですか？　あなたは弟の僕にも『平気だ』と言って顔に出さない人ですから」

「心配するな。それに、アンジュのためなら一つも苦だと思わない」

ブライアスはきっぱりと断言した。

周りに不審に思われないよう立ち上がる。迎えにきたセジオに手元の資料を預けていると、セスティオも席を立った。

「向こうが過激に出た。それなら俺も、堂々と対応に打って出られる」

「そう、ですが……」

「お前がそういう荒事を得意としていないのは分かっている。俺に任せておけ。それに今回は、心強い味方がいるしな」

そのおかげでブライアスもある程度自分の時間が持てているのも事実だ。

セスティオが苦笑を返す。

「それもそうでしたね。彼の帰国はいいタイミングでした」

「ああ。――ブロイド伯爵のことは頼んだぞ」

セジオを連れて移動する直前、ブライアスは大会議室にまだ溢れていて退出する者達の声に紛れてセスティオに耳打ちする。

「お任せを。それでは、またのちほど」

二人は別れた。ブライアスはそのまま大会議場の一番出口へと向かったのだが、宰相がいかにもあやしい動きでそばにきた。

「お前は……相変わらずこういうことが下手だな」

「私はこういうことは不得手なのです。恐ろしくてたまりません」

宰相が周りを警戒してさっと差し出した書類を、ブライアスは受け取る。

「秘密とは、そういうものだ」

周りに悟られないよう行動する。ブライアスも、アンジュに黙っていているとある『秘密』があった。

彼女は、もう何も知らない子供ではない。

社交に怯《おび》えていた小さな少女ではなくなった。だからブライアスは、今も黙ってい続けていいのかと迷ってもいる。

たとえば、昔からブライアスの護衛から騎士達を派遣していること。

公爵邸の周囲には部下達が護衛に付いていること。アンジュが聞き覚えのない顔をしたブロイド伯爵のこと——。

知らないうちに終わらせるつもりだ。

夫婦ならば隠し事をしたくない。とはいえ何も知らないままのほうが、王太子妃としての新しい始まりをアンジュは笑って過ごせるはず。

彼女は、知らないままでいい。

(君のためなんだ)

その言葉が、またブライアスの中に固く秘密を隠す。

「殿下?」

「いや、なんでもない」

じっと書類に目を落としていたブライアスは、宰相の声に現実へ引き戻された。

「まさかこのタイミングで手元にくるとは思わなかったな、さすがに仕事が早い」

「はあ、それはもう……」

宰相は顔の冷や汗を拭っている。よほど緊張しているようだ。

ブライアスは宰相とセジオを連れ、いったん一番出口から出たのちに近くの談話室へと入った。そこで早速書類にまとめられた報告を読み通す。

「ほぉ。さすがはダグラスだ。セジオ、このあとの予定を変更する。部隊を連れて彼の援護へ回る」

「御意」

報告書を懐にしまってブライアスが談話室を出ると、警備についていた部下でもある護衛騎士達が同行する。

そんなブライアスを、宰相が慌てて追い駆けた。

「殿下、その、よいのでしょうか……？」

「何がだ？」

「ダグラス殿は、陛下が若き頃に元諜報部隊長を務めていた腹心の右腕です。彼をこのように使うなどと……」

「ああ、またそれか。お前は心配症だな。本人がいいと言っているのだから、気にすることはあるまい。父上も、自分のせいでダグラスの婚期が遅れたと言って、彼からの人員要請にも寛大だ」

「殿下。ダグラス殿はアンジュ嬢のためになれるのなら、と喜んで善意で協力しているのです」

セジオが訂正を挟むと、宰相はようやく納得した顔になって離れていった。ここからはブライアスの持つ部隊の仕事だ。

「さて。これから違法取引の現場を押さえに行く」

「彼は場所の特定も済ませているのですか？」

「ああ、ダグラスの邸宅近くだ。これからそこに行く。馬車より軍馬のほうが早い。他の部下達は待機させているか？」

「もちろんです」

セジオが目を向けると、護衛達のうちの一人が素早く答えた。

「軍馬も手配済みです」

「よろしい。押さえた人間達が証拠になる、明確な行動は起こしていない以上証拠は多いに越したことはない」

「現場の警備隊とのやりとりはお任せを」

警備が敷かれた廊下の向こうには、すでにブライアスの考えを見越して部下達が揃っていた。

そこにブライアスが合流すると、彼らはもう慣れたものですと言ってあとに続きながら、一人がブライアスから預かっていた剣を渡す。

「さすがは軍人王太子」

「部隊を率いるお姿がなんと似合うことか……」

それを手に取り、腰に剣を下げた彼が軍人達の先頭を歩いていく様子を、広い廊下にいた人々が尊敬の目で追いかけた。

◇◆◇

アンジュは外を散策するのに相応しい外出衣装に着替えた。

そして大人のレディに人気の大きな日除《ひよ》け帽子、白いレースの手袋で仕上げると、レナと共に馬車に乗り込んだ。

向かう先は、ここから近い同じ王都内にあるダグラスの邸宅だ。

ブライアスのことで日が過ぎるのが早くて気が回らないでいたが、そもそも帰国したのにダグラスをこんなにも見ないのも初めてだった。

（何か、会えない理由でもあるのかしら？）

父達からは心配している空気は漂っていなかったので、そこだけは安心しているところだ。

考えている間にも、馬車はダグラスの邸宅に到着していた。

出迎えてくれたのは、ダグラスの妻のナンシアだ。知らせも出さずに申し訳ないと述べたアンジュに、娘のようなものなのだからいつだって来ていいのよと安心させる笑顔で言ってくれた。

「彼に会いたくてわざわざ来てくれたのね。ありがとう。でも、ごめんなさいね、夫は今日も留守にしているのよ」

「今日も?」

「帰国休みは数日しかなかったわね。毎日仕事の用でと外出しているわ。休暇なのに何か仕事をされているみたいで、困った人よね」

ナンシアの話によると、最近はとくに夕刻にしか帰ってこないのだという。

「これからフリージアを迎えながら近くのカフェに行く予定なのだけれど、アンジュちゃんもどうかしら?」

「あっ、いえ、そう長居ができなくて」

「ブライアス殿下とご婚約されたものね。おめでとう。ゆっくりできる時には夫も連れてお祝いに行くわね」

ダグラスは本当に忙しいようで、いつ頃、とは彼女も珍しく口にしなかった。

アンジュはナンシアと別れ、馬車に乗り直した。

(久しぶりに会いたいけど……今は無理ね……)

走りだした馬車の中、離れていくダグラスの邸宅を見てフリージアを思った。

アンジュは、四歳年下の彼女とも仲がよかった。顔を合わせたら婚約の祝いと結婚の話だって出るだろう。

ダグラスと会えなかったことにも、がっかりした。

「少し待てばお会いできますよ」

揺れる馬車の中、レナが向かいの座席からそう声をかけてきた。

時間が取れれば家族で屋敷を訪ねてくれる件だろう。

アンジュは、できるだけ早く会いたいのだ。仕事なので仕方がないことだが、屋敷にいるのではと期待しただけに落胆は大きい。

子供みたいに自分の都合を押しつけてしまうのも、焦っているからだ。

(伯父様に頼りすぎてるかも。だって媚薬をこぼしてしまったのは結果として私の責任だわ――……)

あの状況では理解を得られないとは思うが、ブライアスに心から謝ろう。

アンジュは考えるだけで強く緊張した。胸が苦しくなって、少し外の空気を吸って心と頭を落ち着けたくなった。

「レナ、ここで馬車を停《と》めて。少し散歩をしましょう」

「えっ」

「気晴らしで散歩を提案していたでしょう？」

彼女の驚き具合を不思議に思う。

「そ、そうでございましたね。ただ、その、屋敷から距離がありますし」

「ほんの少しだけよ。たまには違う場所を散歩してみたいわ。ほら、お店もとても可愛いわ。お菓子屋みたい。ね、あのお店を見てみない？」

無邪気さを装って車窓を指差すと、レナが折れたみたいに「分かりました」と答えた。

馬車を停めてもらい、二人で下車した。

「他に付き人を用意しておりませんから、あまり離れませんよう」

「分かっているわ」

心弾む気分ではなかったが、まずは車窓から見えた菓子屋に入る。

「可愛らしいクッキーがあるわ。お兄様達にお土産で買っていきましょう」

「お嬢様がこんなに楽しくされているのを見るのは久しぶりです。そうですよね、ご結婚前に不安になることはありますよね……」

商品を持っていくレナが、何やらぶつぶつと言っている。

「他にも色々と見て買っていきたいのだけれど、いい？」

「ええ、よろしいですよ。お付き合いいたします。ただし、今日は店が並ぶこの大道り限定でよろしいですか？」

なんだか心配そうな表情で確認された。

心配なのだろう。昔からずっと、『絶対付き人のそばから離れないように』とは口酸っぱく言われ続けていた。

それは、ブライアスの婚約者候補として王宮に通うことになってからだ。

途端に息苦しさを感じた。彼への罪悪感、焦燥感。

偽りなのは分かっているのに、ブライアスとの幸せだと言える日々――。

「つ、次のお店に行きましょっ」

クッキーの清算を終えたレナを連れ、アンジュは慌てて外へ出た。

夢が覚めて欲しくないなんて、一瞬でも思ってしまった自分に失望した。

それくらいにブライアスが好きでたまらなかった。

彼に話す覚悟を決めなければならない。そのためにも、少しでもいいから一人にさせて欲しい。

（これなら……）

素早く目を走らせて観察すると、王都は人で溢れていた。

大きな建物も多く集まっている区域だからだろう。警備隊の姿も多めに見受けられる。

「小物のお店がたくさん並んでいるわ。一つずつ入ってみましょ」

「ふふ、そうはしゃがれるなんて。いいですよ。ただ、私から離れてはいけませんよ？」

「ええ、もちろんよ」

嘘を吐いた自分に胸が痛んだ。

（ごめんなさい、少しだけでいいの）

あの店の雑貨が可愛いとアンジュは話しながら、レナの気をそらして人込みに紛れる。

三人の通行人越しほど離れることに成功した。

（これなら――）

と思った時、不意に脇から腕を掴まれた。

驚いたアンジュは、次の瞬間には店々の間にある路地に引っ張り込まれていた。

静かな消失。それはあっという間の出来事だった。悲鳴を上げようとした口を大きな手に塞がれる。

男の人の手だ。アンジュはパニックになる。

自分の頭にあった大きな帽子が、人々の足元に転がるのが見えた。

「こんなところでチャンスがくるとはな。お見かけして、まさかと思ったぜ」

男はアンジュを抱えるようにして引きずった。

「騒ぐなよ？　その首を折られたくなきゃ黙ってろ」

人々の賑わいから切り離されたような路地の空気にもアンジュは恐ろしくなり、こくこくと頷く。

そこには同じく大きな男達がいて、彼とは仲間らしく、彼らが人の目がないのを確認して誘導していく。

どんどん、人のいる通りから引き離されている。

(チャンスを待っていたってどういうこと？　なぜ、こんなこと)

男達は慣れたように人の目をかわした。

見事な連携で、アンジュを抱え持ったまま路地を奥へ奥へと進んでいく。

「よし、このへんでいいだろ」

「さっさと済ませろよ。俺らは船で待ってる」

――船？

確かに水路特有の水の匂いをアンジュは感じた。

男が仲間達に「おう」と答え、急に足を止めた。振り回すみたいに建物の窪《くぼ》みへと乱暴に押し込まれる。

「きゃっ」

そこは何かの非常口みたいだ。錆《さ》びれた鉄の扉にどんっと当たった背中が痛い。

屈強な男が、アンジュの逃げ道を遮るみたいに目の前に立った。

見上げると筋肉質で大きな男だ。目が合った時の柄の悪そうな笑みに、なぜだか彼女は悪寒《おかん》を覚える。

「わ、私を誘拐するのですか？」

「いや？　ただ少しだけ俺と〝お楽しみ〟するだけさ。いい思いさせてやるよ」

彼女は男が懐から取り出した小瓶にハッと身が強張った。

それには、覚えがあるピンクの液体が入っている。

――媚薬だ。

咄嗟に頭に浮かんだアンジュは、男がそれで何をしようとしているのか理解した。

嫌悪感が走り抜けた。逃げようとしたが、小瓶の蓋を噛んで捨てた男が、顎を摑んで扉に押さえつける。

「これを飲んだら楽しくなれる、飲め」

「いやっ」

小瓶の中身を口に入れようとしてくる男に、アンジュは激しく抵抗した。すると痛いくらい乱暴に顎を摑まれて、恐怖に身が竦んだ。

「ぶたれたくねぇだろ！　大人しく飲め！　お前から求めたと言えば、俺の罪は貴族様が帳消しにしてくださるんだ。こんな美味しい仕事あるかよ、俺が一番に見つけたんだ、他の連中はさぞ羨ましがるだろうな」

（貴族？　仕事？　他？）

アンジュは、涙に濡れた目で恐ろしい男を見つめる。

抵抗のため彼の太い腕を摑んでいる彼女の手は、がくがくと震えていた。

（誰かがお金で頼んだの？　誰がいったいこんな恐ろしいことを）

どうして、なんの意味があって。

そんな疑問とともに、自分がこれからされる行為の恐ろしさで気が遠のきそうになる。

「一回中に注がせてもらうだけだからよ。さ、飲め」

男が無理やりアンジュの口を開けさせた。

（いや、嫌、お願い）

ブライアス以外は、嫌だ。

彼以外の誰にも自分の中に触られたくない。そんなはっきりとした拒絶感に、アンジュは殴られようと飲むものかとがむしゃらに両手を動かし、顔を振った。

男が液体を口へ注ぐのに苦戦し、手や、開いた胸元に液体が少しかかるのを感じる。

「もったいないことするなよっ、高級品だぞ！」

そんなこと、知らない。

「ブライアス様！　ブライアス様助けてっ」

悲鳴がようやく出せた時、口に溢れたのは愛しい人の名だった。

その時、アンジュは、唇にちょんっと触れた液体の感触に身が凍った。

(ああ、だめ、このままじゃ力に押し負けてすべて飲まされ——)

その時、力強い聞き間違えるはずのない声が聞こえた。

「俺のアンジュに、触るな!」

まさか、そう思ってアンジュは涙に濡れた目を横に向ける。

すぐそこまで迫ったブライアスの姿が視界に飛び込んできた。彼はすでに距離を詰めていて、ハッとして振り向く男に右拳を構えた。

(えっ、拳⁉)

男もそれに一瞬呆けたようだ。

反応に遅れた瞬間、ブライアスの右ストレートが、がたいの大きな男の頬に決まっていた。

「ぐぅっ」

かなり重い音が上がった。ブライアスよりも身体が一回り大きい大男が、呆気なく吹き飛んでいく。

地面に転がった彼は一発で失神したようだ。

ぴくりとも動かなくなった彼の手から、液体をこぼしながら小瓶が転がるのをアンジュ

は呆然《ぼうぜん》と眺めていた。

なんと、王子らしくない右ストレートだろうか。

けれど直前までの不愉快さが解消されてしまったような、ある意味ブライアスの行動には爽快感を覚えた。

「無事かアンジュっ」

ブライアスが正面から両肩を掴んできた。素早く頭から足元まで確認し、やや乱れた髪とドレスに目をくしゃりと細めた。

「すまない、怖かっただろう」

「い、いえ、私は結果的には平気でしたから――」

「もう大丈夫だからな」

彼に強くかき抱かれ「あっ」と呼気がこぼれる。

ブライアスの髪は乱れていた。彼は急いで駆け付けてくれたのだ。初めて見る悔しそうな目は――アンジュを思って胸を痛めてくれている。

アンジュは自分を包む彼の温もりに、ドッと安心感が込み上げた。

もう、安心していいんだ。そう自覚した途端に涙が溢れた。

「ふっ、う……助けに来てくれて、ありがとうございます……わ、私、あなた以外に、触られるかと思ったら……」

アンジュは泣き崩れ、子供みたいにブライアスの胸に縋《すが》り付いた。

「分かってる。よく、耐えたな」

ブライアスが強く抱き締め、アンジュに自分のマントを巻いた。彼が至近距離から涙を指で何度も拭ってくれることが嬉しかった。

路地の奥から、セジオや数名の騎士達が駆け付ける。

「殿下、残り二名も間もなく捕縛予定です」

「一人も逃がすな。――あの男も連れて行け」

「はっ」

あの男も、と告げたブライアスの声は冷たかった。

アンジュはセジオが拘束する男を見て、ぞくっとした。心細くなったみたいにブライアスに身を寄せる。

気付いたブライアスが、優しい顔でアンジュを抱き寄せ、その現場から視線を遮ってくれた。

「来てくれてありがとうございました。でも……どうして？」

「ちょうど近くにいた。君に付けていた護衛からも、急に姿が見えなくなったと知らせが来てな。事態を耳にして、そうしたら君が俺を呼ぶ声がして――無事で、よかった」

マントの上から、包み込むように大事に抱き締められた。

彼が心から安堵したことはアンジュにも分かった。けれど一つだけ、アンジュは寝耳に水なことがあった。

「護衛？　私に、ブライアス様の？」

「まだ君が歩くには絶対の安全を確保するには難しい状況ではある。何かあれば知らせをとは指示していた。その件は、あとで話そう」

身を少し離したブライアスが『いいか？』というふうに見下ろしてきた。

彼の眼差しはアンジュの身を気遣っていた。

その配慮は有難くて、アンジュはこくりと頷いた。気にはなるが、先程怖いことがあったばかりなので少し心を落ち着けたい。

「レナのそばを離れたのか？　君がレナのそばを離れるのは珍しいが、もしかして自分から離れた？」

「あっ、ご、ごめんない。そもそも私のせいで――」

「いいや、君は悪くない。一人になりたかったんだろう？」

どうして分かるのだろう。そう不思議に思って見上げると、ブライアスが苦しい表情を浮かべた。

「きっと俺が悪かったんだ」

「え？」

「だから、君は悪くない。俺が君を一人になりたくなるくらい追い込んだ、あんなふうに抱いたから君を悩ませて――」

「違います！」

力いっぱい否定すると、ブライアスの濃いブルーの目が見開かれた。

「だって、ブライアス様に触れられて嫌なんて思うはずがありません！」

アンジュは顔が熱くなったが言い切った。媚薬のことでいっぱいになっていたせいで、彼にそんなふうに思わせていたなんて想像もしていなかった。

「嬉しかったんです。触れてくれることも、キス も……だってブライアス様は、私だけ大人のレディとして扱ってくれなかったではないですか」

「――え」

唇を尖《とが》らせてうかがったら、まるでブライアスは『思いもしなかった』みたいな反応をし、アンジュはむっとした。

「パーティー会場では集まる彼女達をときめかせていたのに、私にだけは愛想笑いの一つだってしてくださらなくて。私はブライアス様に接している他の女性達が羨ましかったです、私はされないのにと嫉妬しました」

「嫉妬？　嫉妬してくれてたのか？」

食い気味にブライアスに尋ねられた。

　アンジュは「あ」と我に返った。けれど一度出た言葉は、戻らない。こうなったら全部言ってしまおうと思った。

「そ、そうです。悪いですか？　私は子供でしたし、大人の女性達と張り合うのが間違っているのは分かっています。ブライアス様の周りに集まる方々と違って、今だって背も高いわけではないし、美人ではないし、彼女達に叶わないし」

「うん？　まるで他の女共のほうが美人だと言っているように聞こえるな」

「そうとも言っています。いつも美女ばかりに囲まれていましたものね。美しい人が好みなら私は対象外なのも納得しましたし」

「誤解だ。そもそもそばにいたら向こうが戦意消失になるくらい君は――」

　その時、セジオが声をかけてきた。

「殿下、こちらの処理は完了しました。船のところは今からです。アンジュ様はいかがされましょうか？」

「そうだな……」

　ブライアスが躊躇う。

　船、と聞いたアンジュは先程の男達の言葉を思い出した。ブライアスは軍人として何かしら取り締まりをしようとしていたのかもしれない。

「私なら大丈夫ですからっ」

アンジュはハッとして彼の手から離れた。

「あなたの婚約者になってしまっただけでなく、注意が足りず今回お手間までおかけしてしまったことをお詫びいたします。私は大丈夫ですから、ブライアス様はどうぞお仕事を優先してください」

俯き、焦って言葉を続けていたらブライアスに手を掴まれた。

「待て。『なってしまった』？」

アンジュは凍り付いた。けれどいずれは話そうとしていたことだ、苦しい気持ちで彼に説明する。

「媚薬の効果がなかったら、あなたは私を婚約者にするはずがないんです」

「は」

ぽかんとした顔でブライアスが見てくる。

仕方のないことだが、特別な媚薬とやらの効能が続いている今の彼に言っても伝わらない。

「それではセジオにレナのところまで連れて行ってもらいます」

アンジュは身体に巻かれているブライアスのマントを握り、彼をかわそうとして背を向けて駆けだした。

だが、セジオのほうへ行こうとした彼女の腹に大きな腕が回る。

「待て。何か、とんでもない勘違いをしている気がする」

ブライアスが続けて何か言おうとする気配を感じた。けれど次の瞬間、アンジュはどっくんと身体が熱くなって息が詰まった。

「……あ、まさか」

吐き出した呼気とともに、体温がみるみる上昇していくのが分かる。

何も刺激を受けていないのに中心部がじわりと濡れる感覚。ブライアスに触れられている場所が甘く痺れていく。

「アンジュ？」

「ひぅっ」

近くで愛しい人の声がしただけで、下半身から力が抜けた。

崩れ落ちそうになったアンジュを、ブライアスが驚いて抱き留める。支えてくれている手の感触だけで、身体がはねた。

「まさか……媚薬が口に入ったのか⁉」

ブライアスの慌てたような声を聞きながら、アンジュは男ともみ合いになった光景を思い返す。

「唇に、一滴落ちた感じが……」

不安になって見上げると、ブライアスが焦った顔で舌打ちするのが見えた。

たったそれだけでも効能が出てしまうものらしい。そう分かったアンジュは、身体がどんどん熱くなって怖くなる。

「わ、私、どうしたら」

「大丈夫だ。俺に任せろ」

涙目で見つめると、ブライアスが頼もしく頷く。

ブライアスがアンジュを抱き上げた。触れられる感触だけで甘い吐息がこぼれそうになるのを、彼女は必死にこらえる。

「セジオ、しばらく向こうを任せてもいいか。終わったら騎士団へ来い」

「御意」

短くやりとりして彼らが別れる。


ブライアスがアンジュを抱えて走った。振動だけでも身体は火照っていく。

(怖い)

胸がどくどくして、お腹の奥がじんじんと熱い。

大衆の中を移動しているというのに、アンジュは気が自分の中心部に向かうのが恐ろしくて仕方がなかった。

(疼いて、おかしくなりそう――)

初めて感じる媚薬の効果は怖いくらいだった。よく以前、ブライアスが我を失わなかったものだと感心してしまう。

ブライアスが、騎士達が出入りしている建物へ急ぎ入った。

「こ、ここは」

「大丈夫だ。俺が持つ騎士団の王都支部になる」

居合わせた騎士達が驚いて見てきた。彼らはブライアスの「部屋を」という切羽詰まった声を聞くと、慌てて指示に従う。

数人の騎士とブライアスが慌ただしく階上へ進んだ。

「こちらです」

騎士の一人が個室の扉を開けた。

「誰も近寄せらせるな。全員、階下で待つように」

「はっ」

ブライアスの言葉とともに扉が閉められる。

小さな部屋に二人きりで残された。アンジュはすぐそこにあったベッドへ丁寧に横たえられた。

「あっ、ン……」

ブライアスがジャケットを素早く脱ぎながら、覗き込んでくる。

「苦しいか？　つらいのか？」

「せつ、なくて」

切なすぎて苦しい。二人きりの場所でブライアスの顔を見たら安心しきってしまい、アンジュは涙がぽろぽろとこぼれた。

「ご、ごめんなさい」

「ああ、怖いんだな、大丈夫だ。熱を取ってやればすぐ楽になる」

またがったブライアスがアンジュの涙を拭いながら、『怖くないからな』と言うように手を繋いでくれる。

「正直に言ってくれると君の状態も分かる。恥ずかしがることはない、ここには二人だ、いいね？」

「はい、ありがとうございます……」

ブライアスが頼もしくて、アンジュは瞬きをした拍子に涙をこぼしながら、頷く。

「脱がしてもいいか？」

「大丈夫です、んっ……あっ……」

脱がせる際に触れる手や衣擦れの感触だけで、身体がはねる。シーツの肌触りにも期待するみたいに甘く震えてしまう。

「すまない、きついだろう。待たせないよう触ってやるからな」

ブライアスが脱がしながらアンジュの火照った身体に口付けていく。

袖を脱がせば腕に、ドレスが腰元に落ちると腹に吸い付いた。

「あっ……ああっ」

そのたびにアンジュは大袈裟なくらい反応してしまった。彼の手と唇から『気持ちい』がどんどん湧き起こって、身体がひどく熱い。

「あ、あ、ブライアス様」

「もっと強くがいいか？」

彼が肌へ舌を這わせながら、硬くなった先端を上へ主張しているアンジュの乳房の先をつまんだ。

「ああぁっ」

ビリッとした快感がお腹の奥をきゅんっとひくつかせ、腰が浮いた。

（これをブライアス様は耐えていたの？）

快感をこんなにも覚えているのに、切ない。お腹の奥が疼いてたまらない。

ブライアスは普段より余裕なく触ってくれているのが分かる。アンジュの服を乱し、どんどん脱がせていく様子も早急だ。

それなのに、アンジュは『早く』ともどかしい気持ちになる。

ブライアスが自分のシャツを両手で勢いよく脱いだ。美しく鍛えられた上半身が現れて、アンジュはどきりとする。

彼が脚を持ち上げ、アンジュの足先にキスをした。

「んんっ」

舌がふくらはぎを上がり、膝や太腿、その内側にもキスをしていく。

その時になって、アンジュは自分の中心部も隠すものがなくなっていることに気付いた。

赤面して固まった彼女に、太腿を舐めていたブライアスが「ん?」と目を向けてくる。

そうして笑みをもらした。

「これからもっと恥ずかしいことをするのに、相変わらず可愛いな」

彼が内腿《うちもも》にちゅっとキスをする。それは中心部にかなり近くて、アンジュは意識した際に花弁がひくんっとしたのを感じた。

「や、全部見えちゃ……」

「見せて。俺は、全部見たい」

ブライアスが太腿の内側に繰り返し吸い付いた。

そのたび秘所にまで愛撫の甘い痺れが響いてきて、アンジュはやがてたまらない気持ちで涙を浮かべていた。

「あぁ、あ……お願い……もう、触って……」

唇の感触をそばに感じ、蜜口が『欲しい』とねだってはしたなく入り口をひくひくさせているのを感じる。

「ああ、たまらないおねだりだな」

ブライアスがアンジュの太腿を左右から抱え、開いた。

至近距離で見られていることに驚いたアンジュは、彼が顔を寄せるのを見て動揺した。

「えっ、だめ、汚いからっ」

「汚くない。アンジュはどこも綺麗だ、熟れたこの芽も可愛い――」

両手で抗おうとしたが無駄だった。ブライアスが快感を欲し続けていたアンジュの中心を下から舐め、花芽にちゅっとキスをする。

「あぁあ、ああっ」

目がちかちかして彼の頭を両手で押さえたが、唾液で濡れた舌で芽を揺らされて強烈な快感が起こる。

びくびくっと腰が浮くと、彼が舐めてぢゅるるっと吸った。

「あぁああっ……！」

腰が高く跳ね上がってアンジュは呆気なく達した。

「ああ、愛らしく震えているのもよく見える」

果てたのに自分のそこが物欲しくきゅうきゅうに震えているのはアンジュも感じていた。

恥ずかしいのに、続いてブライアスが蜜口を舐めて言葉なんて出なくなる。

（あ、ああ、ブライアス様の舌が……）

花弁をねっとりと舐められて太腿が震えた。

上がった腰をがくがくと引きつらせている間にも、柔らかなものがぬるりと差し込まれる。

「あ、あっ、やぁ……」

中をかき回されて開かれていく。舌で舐められた膣壁が戦慄き、どんどん蜜を滲ませて吐き出す。

「気持ちよくない？」

「んっ、気持ちいい……ああ、このままじゃまたイく、イくの、あぁぁっ」

快感に逃げる腰を彼は抱え持った太腿で押さえつけ、アンジュがびくびくっと突き上げたそこを激しく愛撫した。

軽く達したのに、もっと欲しくなって疼きが増す。

ブライアスも舐めることをやめなくて、アンジュは足の指でシーツを握った。浮いたままの腰をびくびくっとはねていると、彼が下側で指を差し入れた。

「ひぅっ？　……あ、だめ、一緒はっ、あ、ああ」

外側を舐められながら同時に指で中をこすられると、恐ろしいくらいよかった。

快感がまた中で大きく膨らむ。絶頂感から完全に降りてこられなくて、不埒に腰も揺れて羞恥にも涙が浮かぶ。

するとカレが指で突き上げだした。舌が的確にいいところを刺激してくる。

「待って、あっあっ、気持ちいい……っ、これだめ、おかしくなる……」

「おかしくなっていいんだ。満足するまで気持ちよくするから」

じゅくじゅくと愛液をかき出される。

そのまま快感に熟れた芽を吸い上げられたアンジュは、お腹の奥で快感がまた弾け、全身をびくびくっと引きつらせた。

（あ、あぁ、私また果てて……）

身体が甘く震える。収斂がほんの少しゆるくなると、彼の指はまた動いた。

「あぁあ……ああ、気持ちいい……いいの……」

口元を拭った彼が、手を動かしたままアンジュに寄り添った。

「これだけで落ち着きだしてくれているようで、よかった。口にしたのがほんの僅かなのが幸いしたな。これなら楽になるのも早いだろう」

「こんなに怖いくらい気持ちいいのに……？」

「怖いよな、すまない。今は挿れないから安心してくれ」

「え？」

ブライアスが左腕で抱き寄せ、アンジュの目に溜まった涙を口で拭ってくれた。

「君が怖がることはしたくない。それに――悩んでいるままの君を、君の意思に反して抱き潰したくないんだ。君にねだられたら俺も理性をたもてる気がしない」

すまない、と彼は言って顔にキスの雨を降らす。

その唇はとても優しくて、アンジュは彼の愛に涙が溢れた。大切にされているのを感じた。

「好きだ、アンジュ。君が好きだから、今は君に欲しがられても抱けないんだ、どうか許してくれ」

「分かっています、だから、どうか謝らないで」

彼が苦しそうに詫びる姿が見ていられず、アンジュは彼を愛おしく抱き締めた。

好きだと、こんな時にさえ言えない自分が悔しかった。

「このままだとつらいだろう。少し、俺のほうへ脚をかけて」

彼に横向きに抱き直されたアンジュは、上側に向いている脚に触れ、導くブライアスに従い彼の脚へと自分のそれを引っかけた。

そうすると、彼に愛撫されている秘所がよく見えた。

「あ、ブライアス様……」

「こうすると触りやすくなった。もっと奥へ入れようか」

彼の数本の指がずぷずぷとアンジュの中へと沈んでいく。

長い指が深いところまで挿った。そこをとんっとんっとノックするように指で突かれる。

「あ、あっ、またくる、んんっ奥に、響いて……またきちゃう……」

アンジュは快感に悶えたが、後ろから抱き締められていては姿勢も変えられない。

「ああ、はぁっン」

「そうだ、そうやって素直に感じていい。もっとよくなる」

耳元で囁き、ブライアスが舌を耳にぬるりと入れる。

「ひぅっ、そこだめ」

耳を舌でなぞり、咥えられて背中が甘く震えた。ちゅくちゅくと愛撫されると蜜壺までさらに熱くなってくる。

「あ、あ、そこっ、だめ、今吸ったらもっと気持ちよくなっ――あああぁっ」

奥を指で激しく刺激されてびくびくっと全身がはねた。

痙攣が止まらないアンジュを、ブライアスが片腕で強く引き留める。

「すごい締め付けだな。まだ物足りなさそうだ」

「あ、あ、中がまだ疼くの……ブライアス様、して、動いて……」

果てすぎて朦朧《もうろう》とするのに、不埒に身体をくねらせることが止められなくて、アンジュは疼いて仕方がない蜜壺を自分から彼の指にこすりつけにいく。

後ろから低い呻きが聞こえ、ブライアスが隘路を広げて奥を刺激した。

「はぁっン、あぁん、ああっ」

「君は薬にも耐性がないから、よく効くんだろう。いや、それとも違法ものか」

ブライアスがギリッと奥歯を噛む音が聞こえた。

「身体に害があると分かって君に飲ませようとしたとは――ダグラス殿も動いてくれている、彼なら取引ルートも一番よく知っているはずだ」

「どう、して、あっ、あ、伯父様が」

とろんとした目を後ろへと向けたら、ブライアスがアンジュの顎を掴んで、唇を寄せた。

「それも、あとで話そう」

そう告げたブライアスに唇を重ねられた。ぬるりと唇を舐めた舌は、すぐに情熱的な強引さでアンジュの口を開いてくる。

「んんっ、ん、んぅ、んっ」

ちゅくちゅくと絡め合うのが気持ちいい。口の中がブライアスでいっぱいで、疼く蜜壺にも彼の激しい欲望の動きを感じて恍惚で思考が焼けそうだ。

(もっと欲しい、ブライアス様を感じたい――)

アンジュは自ら舌を出し、夢中になって触れ合わせる。

「っアンジュ」

彼の指が深々と子宮口を押し上げ、同時に苦しいくらい舌の根をぢゅるるっと吸われる。

「んんー！　ンッ、ふっ……」

彼の指に押し上げられているお腹の奥が、びくんっびくんっと震えた。

ブライアスが止まり、優しいキスを再開しながら指を引き抜く。

悩ましいあの感覚はもうこなかった。

収斂が収まるのを待ちながら、アンジュはブライアスとのキスに集中してうっとりとした時間を過ごす。

間もなく、唇が離れアンジュは大きく息を吸った。

見つめ合うとブライアスが、ほっとしたように微笑を浮かべる。

「もう、効果は切れて……？」

「そのようだな」

ブライアスの言葉でようやく安心できた。彼に優しくベッドへと仰向《あおむ》けにされたが、あの怖いくらいの疼きはもうない。

「かなり体力も使っただろう。今は、眠るといい」

「ですが」

「仕事のことなら心配するな。優秀な部下達を連れている、この場のこともあとは俺がやっておくから、安心して目を閉じていい」

彼が頭を撫で、額にキスを落とす。

その優しい温もりにほっとしたアンジュは、ふと密着しているブライアスのところから硬い何かが太腿に触れているのを感じた。

（あっ……我慢、してくれているんだわ）

今は抱かないと言った彼の言葉を思い返して、きゅんとした。

彼のそばは、世界で一番安心できる場所。

好き、愛おしい、愛してる――頭を撫で続けるブライアスを見つめていたアンジュは、何度も果てて体力がなくなってしまっていたから、いつの間にか眠りに落ちていた。

◇◆◇

アンジュが目覚めたのは、夕刻前だった。

彼女はナイトドレスを身に着けていた。ブライアスがしてくれたのだろう。身体も綺麗になっている。

起きると、ベッドのそばには椅子に座って、今か今かと起床を待ってくれていたレナの姿があった。

「うぅ、お嬢様っ、無事でよかったです！」

身を起こしたアンジュは、彼女に泣きながら抱き締められた。

そばにはセジオの姿もあった。ブライアスから送り届けるよう言いつけられたそうで、目覚めを待っていたそうだ。

アンジュはレナが持ってきたという新しいドレスへと着替えると、数名の騎士が護衛についた状態で公爵邸へと送り届けられた。

家族は、アンジュの無事を心から喜んだ。暴漢に襲われかけたと聞かされ、とても心配していたようだ。

アンジュは両親だけでなく、兄に涙目になられたのも驚いた。

「あれほどレナのそばから離れるなとっ……お前に何かあったら、俺は殿下との結婚を許さなかったぞっ」

「お兄様……」

この婚約はすんなりと進んだわけではなかったのだろうか？

アンジュは気になったが、抱き締める兄の強い腕は珍しく震えていて質問は憚《はばか》られた。

ちらりと視線を移動すると、母も苦笑を返してくる。

「聞きたいことがあるのなら、王太子殿下から聞きなさいね」

「はい」

いつになるのかは分からない。でも『あとで話そう』と言ってくれたブライアスを、アンジュは信じていた。

夕食の支度が整うまで、一階のサロンでゆっくり過ごすことになった。

外が薄暗くなってきた頃に誰かが訪ねてきた。休んでいなさいと兄に言われてアンジュは出ることは叶わなかったが、玄関からそう遠くない場所だったので何やら兄と揉めている物音は少し聞こえた。

（お兄様があれだけ荒れるなんて初めてだわ……）

両親の決定に文句を言わなかった彼が、嫌な顔をしたのを見たのは一度だけだ。

（そういえば私が王宮に通いだして間もなくだったような）

と思った時、兄がやってきた。

「ブライアス殿下がお前に会いたいと来ていたが、一日は休ませて欲しいと答えておいた」

「えっ、ブライアス様がいらっしゃっていたのですか⁉」

慌てて立ち上がったら、兄がアンジュの肩を優しく掴んだ。

「もうお帰りになった」

「王太子殿下を追い返すなんて――」

「アンジュ、お前は疲れてる。今日は休みなさい。ブライアス王太子殿下が、お前を大事にしていることは知っている。素直になれないご様子には何度やきもきしたか分からん」

兄が強めの印象がある双眼を崩し、困ったように微笑んだ。

アンジュは兄の言葉に戸惑ったものの、その表情を見てふっと悟りが降りた。

ブライアスの分かりづらい表情と態度も含まれているのだろう。面倒だとか、嫌いだとか思っていない。

長らく続いた特別な媚薬の効果で、それはアンジュも理解していた。

あのネックレスも、ブライアスが成人の祝いにと考えて贈ってくれたものだ。

――育まれた友愛なのか、少しは結婚してもいいという気持ちが生まれてくれていたのかは、分からないけれど。

「家にいては屋敷の者に気遣って、安心して話もできないだろう。殿下も明日には時間が空くそうだ。俺が王宮へ送り届けるから、明日、ゆっくり殿下と話すといい」

兄はブライアスとそう話をつけたようだ。

アンジュは兄の配慮に心から感謝した。

想いの一部をブライアスに言ってしまった。もう腹はくくっている。

たとえ媚薬の効果が続いていたとしても、ブライアスにすべて話そう。彼女はそう決めていたから。


翌日。

アンジュは午前中、公爵家の馬車で兄に王宮へ送り届けられた。

王宮に到着すると、馬車乗り場にセジオがわざわざ立って待ってくれていた。彼が案内係を引き受けたようだ。

アンジュは、兄に手を取られて下車した。

だが引き受けようとしたセジオ、そうして引き渡そうとした兄が同時にぴたりと止まって、そうして深々と溜息をこぼす。

「他の男に先を越されたくないとは……」

「うちの王太子殿下が、実にすみません」

「え？　何？」

戸惑っていたアンジュは、どこからかバタバタと走ってくる音を聞いた。

不思議に思ってその音の方向へ目を向けると、猛ダッシュするブライアスと目が合って驚いた。

「アンジュ！」

あまりにも強く名前を呼ばれて動揺した次の瞬間、アンジュは突進される勢いでブライアスに強く抱き締められてしまっていた。

「まっ、待ってブライアス様っ、人目がっ」

慌てるが、彼の腕はますます強くなる。警備の者達だけでなく、庭園を歩いていた貴族達も大注目してきて恥ずかしい。

王太子として、ブライアスはこれまで人の目を気にしていたはずだった。

これもまた媚薬の効果のせいなのだろう。

「会いたかった。俺が迎えに行けたらどんなによかったか」

ブライアスの心からの言葉だと聞こえる声に、アンジュはうっかりときめいて抵抗を忘れてしまう。するとセジオの声が聞こえた。

「殿下はご公務がございましたでしょう」

「ブライアス殿下、私が送り届けるお約束でしたが?」

セジオに続いて、兄も指摘してくる。そうしたところでようやくブライアスがアンジュから腕を解いてくれる。

「送り届けてくれて感謝する」

「それでは、妹を頼みます」

兄は一度アンジュに微笑みかけると、来た馬車に乗り込んで去っていった。

アンジュはブライアスに恭《うやうや》しく手を取られ、近すぎるくらい腰を抱き寄せられて、王宮の建物へと上がった。

廊下ですれ違う人々の、微笑ましげと言わんばかりの視線が恥ずかしい。

「あ、あの、ブライアス様? 近くはありませんでしょうか……?」

「いつもの俺達の距離だろう」

彼が見せつけるみたいに手を持ち上げてキスをする。

周りの「おぉっ」という声と、ブライアスから注がれ続けている甘い眼差しにアンジュは顔から火が出そうだった。

王族区の二階にあるブライアスの私室に辿り着く。

セジオが扉を開けて頭を下げ、そこをブライアスがアンジュを連れて通る。

以前までレディ扱いなんてしなかったのに、ブライアスは慣れたようにアンジュを大窓の近くにある落ち着いた上品なソファへと導く。

そして、肩がつくくらい至近距離に、当然のように隣り合わせで腰を下ろした。

「少し長話になる。まずは喉を潤すといい」

王太子付きのメイド達が、テーブルに用意されていた色取り取りの砂糖菓子に加え、二人分の紅茶を出した。

一人分の距離さえ空けてくれない。

アンジュはやたら緊張してしまって、喉も渇いてきた。

「そ、そうですね。いただきます、ありがとうございます」

ぎこちない返答になってしまったが、気を紛らわせるべく紅茶を口にする。

セジオがメイド達を部屋の外へと出し、廊下にいる警備の護衛騎士達に合流して扉を閉めた。

その間、アンジュはブライアスにひたすら優しく見つめられて、落ち着かない。

「君は怖い思いをしたのでつらい話だろうが、——気にしていると思うので、まずは昨日のことを話そう」

昨日の男は現行犯で捕まったとブライアスは語った。犯行グループも一人残らず検挙され、暴行未遂及び王太子の婚約者への失脚計画も罪に足される。

余罪と他の未遂事件も含め、今回の事件について計画を企《くわだ》てた雇い主のブロイド伯爵も起訴されたそうだ。

「えっ、ブロイド伯爵⁉　それに他の未遂事件なんて……」

「君が彼のことを把握していなかったのは、俺がそうするよう仕向けたからだ。すまなかった」

「……ブライアス様が？」

「首謀者がブロイド伯爵だと判明した時、君の父であるクラート公爵、そしてダグラスにも協力を願った。国王もダグラスが言うのならと君を事実から退けることを許してくださった」

ブロイド伯爵家は、後宮があった時代に王家に貢献し名を残した貴族だ。

彼らが当時成功したのは、自分達の血族の者を側室に入れて権力を固めたからだ。それは後宮制度を撤廃する大きな要因となった。

そして同時に、王家は政略結婚をやめることになる。

ブロイド伯爵家は再び王家の権力に潜り込むことを画策《かくさく》していた。そんな中で、クラート公爵家が王家と繋がりを強めることも面白くなかったのだろうと、ブライアスは静かに語った。

「昔から、王宮に君狙いの刺客もよく出た」

アンジュは息をのむ。

「……いつ、から」

「君が二度目に俺とお茶をした、その翌日だ」

それから短い期間で何度か暗殺者が現れた。そのたびセジオが、彼女に知られないよう静かに〝処分〟していたそうだ。

「後宮時代によく起こっていた証拠を残さない巧妙な手口だった。俺が、君を見たブロイド伯爵の目に殺意を確認しなかったら辿り着くのに遅れていただろう。彼らは今も陰で国王を支える歴史ある腹心の一つだ。王家とそこが衝突するのは避けるべきだろう、権力が自分達の家に集中することでバランスが崩れるのならよくないだろうとクラート公爵は候補辞退を申し出たが、俺が反対してどうにか引き留めた」

「え」

アンジュは驚きで頭が真っ白になった。

王太子妃候補からアンジュが外れることをよしとしなかったのが、彼本人であったことは彼女に大きな衝撃を与えた。

「クラート公爵に守れる男になると約束し、俺は剣の道へ進んだ。自分の部隊を持てるまでの間は、君の身の安全を確保するため俺の護衛部隊から人を派遣した。父上達も全面協力してくれた」

王家は、アンジュを守るとクラート公爵家を説得した。

それもあってアンジュの勉強もすべて、どうやらブライアスと共に王宮で、ということになったらしい。

話についていけない。待って欲しい。

アンジュの頭の中は混乱していた。

出会った頃からブライアスは、修羅の道になると分かっている状態で彼女を手放さないと決め、ずっと守ってくれていた。

十三年にも及ぶそれを、愛と感じなくて、どう考えろというのだろう。

「ここまで拡大した暗躍の権力構図と材料、裏のことをよく知っているブロイド伯爵の周りを崩していくことにも年月を費やした。彼の実の兄にも協力を仰いで彼を説得させていたんだが……成人を迎えた君の抹殺計画まで浮上した」

アンジュはぞくりと背筋が冷えた。

（だからパーティーで顔を合わせた時、とても怖いと感じたのね…………）

「和解する道を探していた父上も残念がっていたよ」

「あ、庭園で歩いていた時はその話を……？」

「ああ。もう一度弟への説得を頼んでいた。一族が固執している野心や命を奪うことで自分の思い通りにさせる忠心はやめるべきだと。それでもブロイド伯爵が君を始末するために用意する手札は増えるばかりだった。嫁いできたあとに君の身の安全を保障できなくなってしまった」

ブライアスが手を組み、苦しそうに息を吐きながらそこに額を押しつけた。

この十三年をかけてブロイド伯爵を刺激しないよう、それでいて彼が持つ脅威を削《そ》ぐよう注力してきたのだろう。

だが、それが無意味になったとブライアスは絶望したのかもしれない。

そんなことはないと言おうとしたアンジュは、尊敬する伯父がすでに彼を励ましていたことを知った。

「ブロイド伯爵は、十三年かかっても尻尾を掴ませないくらいに用心深い。しかし今の状況であれば、煽ることでボロを出せるだろうとダグラスが提案した。そこで俺は、アンジュとの結婚を早めることにした」

アンジュは、十二日後に決まったと急に言われたこと、そして準備期間も短くて驚いた挙式のことを思い出した。

「君が成人を迎えると同時に挙式がしたかったんだが、ブロイド伯爵のことがあって叶わなくてな……まさか君に、俺との結婚を諦められているとは思わなかった」

「ご、めんなさい、私、てっきり……」

何も、知らなかった。

ブライアスが婚約者候補だと先に知っていたことさえも。

ここまで話を聞かされれば、アンジュはすべて自分の思い込みだったと気付けた。そうして先程の兄の台詞の意味も理解した。

「いや、そこは俺が悪かった。つい生真面目に考えすぎてロリコン疑惑を気に……」

彼が口元を撫でるように覆って、よく聞き取れなくなる。

そらされた目元は少し赤くてアンジュはきょとんとする。するとブライアスが、話を戻すべく咳払いした。

「挙式の日取りを発表するにあたり、ブロイド伯爵のことが片付くまではとクラート公爵家にも協力を願い、君の周りには王家からさらに厳重な警護態勢を敷いた。ダグラスも事業の情報網と知識を以《もっ》て終日動いてくれて、王都に一挙に押し寄せる不届き者の一斉検挙に乗り出した」

ブロイド伯爵の『ボロ』を出させるための大胆な計画だった。

結婚の日取りを発表したら、ブライアス達の期待通りに彼は焦ってあたりかまわず結婚阻止のための依頼を投げた。

彼に今残されている〝手段〟が王都に集まり、そこから少しでも証拠を集めるためブライアスの部隊を中心に王都内でも制圧が始まる。

そうしたら昨日、アンジュが被害を受け現行犯逮捕された。

彼らは王太子の婚約者への暴行による死罪を免れたいと必死になってブライアス達に〝よく話してくれた〟ので、犯罪証言を確保できたうえ、その日のうちに王都に潜伏していた他のグループ達も一網打尽となった。

「ブロイド伯爵家は、爵位も剝奪《はくだつ》されるだろう」

彼の一派は解散することが決まったらしい。

これまで刺客を送り込んでいた証拠も昨日だけでいくつも明るみに出た。自分達にも罪が及ぶのではないかと、彼を支持していた貴族達も自己申告するという騒ぎが朝から続いているとか。

「ブライアス様がおっしゃっていた『秘密』や『嘘』って、それだったのですね……どうして私にだけ隠したのですか」

先日、嘘が下手だと言った彼のことが理解できた。

でもせめて教えて欲しかった。

「……君は小さな女の子だった。大人の世界を知るのはまだ早い、そう思った」

「私はっ、あなたの支えになれるようにとの教育をずっと受けてきました。大人びようと努力していました。隠さないほうがよかったのですっ」

アンジュはカッとなった。

「妻に迎えるつもりでそばに置いていたのなら、ブライアス様が抱えていた当時の苦楽だって、私は共に乗り越えたかったのに――」

「初めて愛おしいと思った女の子に、笑っていて欲しかったからだっ」

「え……」

素早くこちらに向いた端整な顔は、赤くなっていた。

「あれもまた俺の子供じみた願いだとは自覚している、俺と会うことを少しでも君に怯えられたくなかった、俺の婚約者候補になったことで危険がまとわりついていると嫌がられたくなかった、君に――毎日を心から笑顔で過ごして欲しかった。王宮内で君のその笑顔を見られるのが俺のご褒美だった」

思いつく限りのことを口にしたようなブライアスが、最後は見ているアンジュのほうが恥ずかしくなってしまうほど赤面した。

そもそもそれは、彼女がまったく予想もしていない告白だった。

「……王宮にいた私をこっそり眺めにいらしていたのですか？」

「そうだ」

開き直ったみたいにブライアスがぶすっとした表情で言った。

「出会った時から君が好きだった」

「だってブライアス様は、当時、十五歳で……」

「ああそうだ、俺は五歳の君と二度目に会って交流をした時にはもうベタ惚れ状態だった。皆に聞いてみるといい、王宮の者も、君の家族も、そしてレナだって俺が婚約する時を楽しみにしていたとは知っている」

アンジュはそれを聞いて確信に至った。

胸がばくばくと大きな音を立てた。待って、少し待ってと思う。

「昔からずっと、君が好きだった。アンジュ、俺は君を愛してる」

ブライアスの顔が寄せられて、今にも唇が触れ合いそうになる。

アンジュは咄嗟に彼の顔を両手で塞いだ。

「……アンジュ、そんなに今キスするのが嫌だったのか？　と結構ショックなんだが」

「あ、あの、違うんです、話ができなくなったら困るのです。だってつまり、ブライアス様は……媚薬の効果が続いているのではない……？」

まず、そこを確認した。

ブライアスがぽかんと口を開けた。彼は理解する時間を必要としたみたいに、しばし固まっていた。

「アンジュ、確認するが、今日まで俺は何度も好きと言ったよな？　愛している、と」

「えーと、それは媚薬の効果なのではないかと思って」

彼ががっくりと項垂れる。

「昨日、まさかと思っていた通りで……アンジュ、媚薬とはその時限りのものだ。君も今は、昨日の効能を感じていないだろう」

「あ……確かに……じゃあブライアスが好きだと言ったのは……二度目に抱いた時の言葉も全部……？」

「本心だ」

期待にときめきながら上目遣いに見つめた途端、強い目できっぱりと断言され、アンジュはきゅんっとしてしまった。

「君は？　俺との結婚はまだ嫌か？」

「嫌だなんて思ったことはありませんっ、私もお慕いしていますし好きですし、ブライアス様が急に甘くしてくるからあなたのせいで愛に変わってしまって——あ」

勢いで開いてしまった口を、アンジュはパッと両手で塞いだ。

墓穴を掘った。かぁっと耳の先まで熱くなった次の瞬間、ブライアスに引き寄せられ唇を奪われていた。

「んむ⁉　んんぅ、んん、んっ」

もみくちゃに吸われて、身体の奥が甘くきゅんきゅんと高鳴る。

後頭部に回った彼の手のせいで逃げられない。

（あ、あ、だめ、気持ちいいのがお腹の奥までいっちゃ……）

アンジュがふるっと甘く震えた時、ブライアスが唇を離した。力が抜けた彼女を「おっと」と言って抱き留める。

「はぁっ、はぁ、急に何をなさるのですか」

「やばい、にやけそうだ。正直嬉しい」

「え？」

息遣いを整えながら見上げたら、目の前に現れたブライアスの顔は、恥ずかしがっているアンジュと同じくらい真っ赤だった。

「アンジュが俺以外の結婚相手なんて考えられないよう努力しようと思った。今、アンジュが俺と同じ気持ちでいてくれているのが、嬉しい」

「ブライアス様……」

「ある意味、媚薬は素直になれるきっかけをくれた。ダグラスのはからいには感謝もしている」

「えっ、伯父様からだとご存じなのですか⁉」

「あの騒動のあとにセスティオから打ち明けられて、謝罪を受けた。俺はてっきりアンジュが令嬢友達から他の男と結婚することを勧められて、婚活のために持っていたとばかり思っていたからな」

それであの時の彼は気が立っていたみたいだ。

「そう、だったのですか……ごめんなさい。私、伯父様からは本心が聞ける魔法の薬だと聞いていたんです。媚薬だと分かったのが部屋で待っていた時で、それで急きょ会えないとお断りを……」

「わかっている。彼はアンジュによくその手を使うからな。ただ、今回は媚薬だったわけだが」

ブライアスが今になって気恥ずかしくなったみたいに咳払いを挟む。

「彼なりに、アンジュの相手は俺でいいと認めていてくれてのことだ。悪くは言わないでやってほしい。もし俺が君にだけ素直になれない状態がずっと続いていたら、――俺は君に見限られて、離れていかれるところだった」

二人、一緒になれる道を失っていたかもしれない。

アンジュも胸が熱くなった。これまで媚薬のせいだと勘違いしていた発言もすべて彼のものであったこと、そして今ブライアス自身の言葉を聞けたことも嬉しい。

「見限るなんて……私だって、あなたと夫婦になりたいと思っていたのですよ。だから頑張ってきたんです。でも、あなたには望む人と結婚して欲しかったから、私が離れなければと考えて、さみ、しくて……」

想いを口にしたら涙が込み上げた。それはぼろぼろとこぼれ始めて、とうとう言葉に詰まってしまう。

アンジュは慌てて涙を拭った。ブライアスが締まりのない笑みを浮かべ、頬を伝う涙を優しく指で拭ってくれる。

「嬉しいよ。でも俺が望む女性は君だけだ。俺が結婚したいのは、アンジュだよ」

溢れて止まらない涙にブライアスが唇を押しつける。

何度も、『君だ』と教えるみたいに優しく、愛情深く口で涙を吸う。

「はい……はい、嬉しいです……」

「君を、心から愛してる」

彼が手を握り至近距離で覗き込む。心から嬉しがっている微笑みを見て、アンジュも涙を流しながら笑顔を返した。

「はい。私も、ブライアス様を愛しています」

愛の言葉を彼に伝えられるのも嬉しかった。互いの手を握り合い、至近距離で見つめ合う。

「あの頃、王太子として十歳も年下の君にアピールしまくっていいものか悩んで、何も言

う。

「ふふ、そんなことを気にされていたのですか？」

でも年齢差を考えると、納得だ。彼は王太子なので、外からの目をとくに気にしただろう。

「アンジュ」

もうたまらなくなったみたいにブライアスの目が熱に揺れる。

そのブルーの美しい煌《きら》めきを見ていたアンジュは、唇を寄せてきた彼を、阻まなかった。

ブライアスが深く唇を重ねた。

「んっ……んぅ、ン……」

互いの柔らかな唇を吸い合う。

気持ちよくてうっとりしていると、続いて彼が舌を伸ばしてくる。アンジュも自然と舌を出して応えた。

そうすると『嬉しい』というみたいに彼がぐっと顔を寄せ、奥まで二人の柔らかな熱が不埒に絡み合った。

ただそれだけで愛おしさが込み上げた。

感じる熱と水音が、心地いい。彼に軽く肩を押されて後ろに倒れ込んだ。

「あんっ、だめです」

押し倒した手が胸を揉んできて、アンジュは甘い声を上げた拍子にハッと口を離した。

「ブライアス様は、まだまだお仕事がありますでしょう」

「戻る予定は少しズらす。実の弟にもツンだのと言われるくらい俺はこれまでが真面目すぎたようだからな。愛する女性を泣かしたうえ、慰めもしないままどこかへ行ったほうが怒られる」

「慰めだなんて……あっ」

ブライアスがスカートの下から手を差し入れ、太腿まで撫で、あっという間にアンジュの中心部に指を置いた。

くちゅ、と恥ずかしい音がして彼女は頬を朱に染める。

「嬉しいな。君もその気だった？」

「そ、それは、あ、あぁ」

添えた指で上下に撫でられて、腰がびくびくっと甘く震える。

彼は蜜を誘い出すようにそこを指で愛撫した。膨らんできた途端に花芽を弄ると、下着から愛液が染み出て、糸を引く粘着的な音をアンジュに聞かせるみたいに、とんとんと絶妙な力加減で叩いてくる。

「あ、あ、中に、響いて」

愛液を滲ませる膣壁が悩ましげにうねりを強くする。

アンジュは、先にそこに触れてきたブライアスの余裕のなさにもどきどきしていた。

「実を言えば、アンジュの中に入りたくて仕方がない」

ブライアスが腰を押しつけてきた。ぐりぐりとこすられると、硬くなった彼の欲望を感じる。

「昨日の分も今ここでしていいか?」

少ししっとりとした彼の吐息と、軽く揺らし続けている腰にアンジュはきゅんきゅんした。

好きだと言ってくれた。媚薬の影響もなく、愛している、と——。

嬉しくてたまらなくて、アンジュのほうこそ今すぐそれを全身にも感じたいと思っている。

「……私も、今のブライアス様を感じたい、です……」

恥じらいつつもアンジュはスカートを自分で持ち上げると、脚を広げてそこに当たっている彼の硬い部分に上下にこすりつける。

ブライアスが唾を飲んだ。彼のズボンがぐぐっとさらに膨らむ。

「たまらないな、これではもう止まれない」

ブライアスがのしかかり、アンジュの唇を奪った。貪《むさぼ》り食《く》うような激しいキスに恥じらいは吹き飛び、彼女は彼の背に手を回し夢中になって身をくねらせる。

ドレス越しに身体をまさぐられた。けれどブライアスが一番強く刺激しているのは、迎え入れようと蜜を溢れさせているアンジュの中心部だ。

「んんっ、んっ」

下着をぐいっと下ろされ、アンジュは腰を浮かせる。

「いい子だ——もう、こんなに濡らして」

キスの合間に熱く囁かれる。濡れた蜜口は彼の指を感じ取るといやらしいひくつきを始め、彼の指を花弁の中へと誘い込もうとする。

入り口に溜まった愛液をかき出しながら彼が探り、すぐ指を奥へと入れる。

「んんっ、んっ、んっ」

ぐちゅぐちゅと指で突き上げられて腰が甘く震える。

媚薬が入っているわけでもないのに、口も中心部も熱くて蕩けてしまいそうだ。

(私も、もっとブライアス様に触れたい)

アンジュも彼のたくましい背をまさぐっていた。足りなくて首の後ろや、頭にも手を滑らせる。

「はぁっ、すまない、触りたいなら今はここで我慢していてくれ」

ブライアスが上体を起こした。ジャケットの前を乱暴に開けてズボンのベルトを外し、前を開く彼の端整な顔は欲情に火照っている。

彼がズボンから欲望を取り出す前に、アンジュの手を掴んで自分のシャツに触れさせた。

「あっ」

シャツに手を置くと、そのすぐ下にある彼の肉体美がよく分かった。

(ああ、愛があるから触れたくなるし、こうして感じもするのね)

愛が人の熱を高めて、互いに触れて確かめさせたくなるのだとアンジュは悟った。

「挿れるぞ」

彼の胸板にうっとりとしていたら、ブライアスに腰を引き上げられた。

彼の乱れた軍服から飛び出していた欲望が、アンジュの蜜口にぬぷりと刺さる様子まで見えた。

「あぁっ、はっ――あぁぁあぁん」

彼の熱が一気に隘路を押し開いてきた。

熱を持って仕方がなかった身体の芯が、一瞬にして甘く痺れる感覚。それが全身を走り抜けて彼女は身をしならせる。

苦しいも、きついもなかった。

愛液に助けられてずちゅりと最奥まで進んだ熱を、一番疼いていた箇所まであますところなく押し上げてきたことにアンジュは感動さえ覚える。

「ああ、きつく俺を締めて離さないな」

彼が詰めていた息を吐き出し、軽くゆすった。

キスをしていた際にきゅんきゅんしていたお腹の奥が甘い恋心のように甘美な痺れを起こす。

「あ、あ、ブライアス様ぁ……」

「きつくはないか？　それともいいのか？」

ブライアスが二、三度、自身を引いては奥へと押し込む。

(気持ちいい、だめに、なる)

彼に愛されている。そう分かっての愛し合いは恐ろしいほどの甘い快感を起こした。

「あぁ、いい、動いて……ください、ブライアス様にもっとここに触れて、欲しいの……」

アンジュはたまらず自分から腰を動かし、彼を奥に当てさせてしまう。自分の中がうねって、まるで美味しそうに彼を呑み込んでいるのを感じる。ちゅ、ちゅくと中で二人が触れ合う音に幸せを覚えた。

「——だめだ、俺が我慢できない」

低い呟きに疑問を覚えたアンジュは、しかし次の瞬間ずちゅんっと強く奥を穿たれて、息が詰まった。

一瞬にして快感が奥で弾けた。広いた脚がびくびくっとはねる。

ブライアスが強く腰を摑み、激しく最奥を突き上げだした。

「あっあっ、あぁん、ああ、激し、いっ」

果てたのに、それを上書きするブライアスからの官能の熱に『もっと』と身体が彼を求める。

今、アンジュは身体だけでなく心までブライアスと一つになっているのだ。

そうすると愛する気持ちは一層溢れ、乱れてしまう。

「いいっ、激しいの気持ちいいっ、ああ、あぁっ、あぁん」

「ああ、ようやく聞けた。それならもっとしてやろう」

ブライアスがアンジュの片足を引き上げて、一層深くを抉ってくる。

「やあぁ、あっあっあ、だめ、中に響いて、すぐイく、またイっちゃう」

突き上げられる場所から恐ろしいほどの快感が膨れ上がる。アンジュは頭を振って嬌声を上げた。

それは愛される喜びだ。感じすぎて、幸せすぎて止まらない。

「これも好きだろう？」

「ああっ、好きっ、ああブライアス様が好きですっ」

「快感で素直になる君は本当に可愛いな。好きだ。アンジュ、俺の愛しいアンジュ」

ブライアスが律動をさらに速める。

「あぁっ、あぁ、それ、今言うのだめ、私もうイっ――――んんんぅ！」

彼から愛されているという喜びを聴覚でも感じ取った瞬間、ぞくぞくっと下半身が震えて、直後にアンジュは腰を高く跳ね上げていた。

ブライアスがのしかかり、ドレスを引きずり下ろして乳房を揉《も》み込《こ》んだ。

腰を動かすことを再開しながらアンジュの顔や首にキスを落とし、興奮の吐息を吹きかけて耳に舌を這わせる。

「耳はっ、だめ、だめなの、あぁぁ」

快感を逃がそうとして身悶えするが、彼が身体で押さえつける。

「ひんっ」

不意にまた腰が小さくはねた。

「耳だけで軽くイって、可愛いなアンジュ。気持ちいいか？」

「は、い、あぁ、ああどんどん気持ちよくなって……あぁぁん、あぁ、好きです」

アンジュは込み上げる気持ちのまま愛しい人を引き寄せる。

「愛してますブライアス様、好き、あっあ、キスして」

「時間があまりないのが、惜しいな。ベッド以外でも聞けるといいんだが」

あなたになら、もう、いくらだって。

アンジュの言葉はブライアスのキスの中に消える。強弱をつけて彼が熱を何度も押し込む。それはキスとともに次第に乱れた。

「アンジュ、アンジュっ」

「好き、んんっ、んっ……はぁっ、好きですブライアス様っ、んぅ、んんっ」

キスの合間に愛を唇からもこぼし、二人で一緒に高みへと上っていく。

抱き締めていると胸に愛おしさが満ちた。

彼と、心まで繋がってることが嬉しくてたまらない。アンジュは大きな絶頂感がすぐそこまで迫っているのを感じると、ブライアスに脚を絡めた。

「んんっ、んっ――はぁっ、あっ、あ、あぁぁあっ」

気持ちよさで全身が甘く引きつり、がくがくと震えて頭の中が真っ白に染まる。

「くっ、出る……！」

ブライアスが最奥に熱を注ぎ込んだ。

二人のびくびくとはねる身体を感じながら、アンジュは幸せに満たされる気持ちがした。

「あぁ、嬉しい……中に感じます……」

これからもこうして彼と愛し合える。そして彼と家族を作っていけるのだと、喜びにも満たされた。

その時、中で子種を吐き出して大人しくなりかけていたはずの彼が、むくむくと回復していった。

「ブライアス様？」

顔を見ると、ブライアスがアンジュの視線をかわすみたいにテーブル側を向く。

「……君が、可愛いことを言うから」

「えっ、私、とくには何も口にはしなかったかと」

「表情も全部語っていた、可愛すぎるだろう」

彼が溜息を吐きながら顔に手を当てる。そんなに分かりやすかったのかと実感し、アンジュは恥じらいに視線を落とす。

「そういう表情をされると……俺は我慢できなくなるぞ」

「あっ」

ブライアスが腰を軽く前後した。そうすると吐き出された彼の精液と混じって、恥ずかしいくらい音がする。

「いいのか？　拒絶しないとこのまま二度目もする。君が成人するまで待っていた――恐らく俺は君を前にすると自制は難しくなる」

自制とは、回数のことを言っているのだろうか。

（ブライアス様は……一度にする数も多い、のかも？）

一回精を出せば終わりだとアンジュは習っていたので、そこは意外だった。

けれど何より、彼が媚薬の効果が続いているわけではないのによくしたがるのも、待っていてくれたためだと思うと嬉しかった。

「はい、二度目もしてください」

アンジュは胸がいっぱいになって、愛おしくブライアスの頬に触れた。

「私は、ブライアス様に求められて、嬉しいです」

ブライアスが目を見開く。

「好きです、ブライアス様」

「俺もだ、ああアンジュ愛してる――」

ブライアスが覆いかぶさって二度目が始まった。

このあと三回目の精を注がれても彼は衰えなかった。ベッドに運ばれ、今度はすべて脱がされて四回目が始まってしまうことになる。

愛おしさが溢れてアンジュも彼を止められず、彼の愛に溺れ――。

そうして二人は幸せな愛の音を響かせて、共に長らく寝室から出てこなかったのだった。

エピローグ

挙式は、見事に晴れた青一色の空のもとで迎えた。

それまで王太子と婚約者はお熱いと、二人の様子は注目を集め続けていた。二人が引っ越しと挙式の支度に追われながらも互いに時間を取り、公爵邸の庭園や、王宮で歩く姿を大勢の者達が目撃した。

アンジュは、ブライアスと毎日のように逢瀬《おうせ》を重ねた。

ダグラスが「ようやく会えた！」と王宮のデート現場に突撃した際、ブライアスが「今はっ、俺と過ごしているのでっ」とアンジュを取り上げたことも、相当に惚《ほ》れ込《こ》んでいるらしいと社交誌にすぐ書かれていたとか。

「記者もきっとお嬢様のファンですね、すごく微笑ましく書かれていました」

それを王宮の控室の一つでレナから聞かされ、アンジュは見事に赤面した。

「ええと……まだ動いてはだめかしら？」

「だめです！　ヴェールをっ、もっともお嬢様が美しく見えるように仕立てないと！」

嫁入り衣装の伝統である白い花、その飾りがふんだんに付けられたヴェールを真剣に仕上げているレナは、まだだと叱《しか》る。

レナは嫁ぐアンジュについてきてくれることになった。それも嬉しいことだ。

愛情を注いでくれるブライアスだって嬉しいのだが、彼が『我慢していた』という分の怒濤《どとう》の愛は、供給過多気味でもある。

これから、アンジュは彼と共に王宮から民衆へ挨拶を行う予定があった。

それが終わったら、聖アーデインハルト教会で挙式だ。

「ブライアス様は大丈夫かしら？」

つい、夫になる人への心配がよぎる。

「リハーサルでも、予定にない行動ばかりして……」

「俺の心配をしてくれて嬉しいよ、アンジュ」

後ろから抱き締められてアンジュは悲鳴を上げた。

鏡に映ったのは、美しく着込んだブライアスだ。試着でも何度か見たというのに、軍服が多かった彼が婚礼衣装の白を見事に着こなしている姿にはときめきしかない。

「ブ、ブライアス様、いつから」

「こっそり近寄った。俺の妻は、驚いた顔も実に可愛い」

彼はまったく反省がないようで、愛おしそうに微笑みながら頬へキスをしてくる。

「また俺が見られた表情が増えて、嬉しい」

そんなことを言われたらアンジュは叱れない。表情だってこれからいくらでも見ていけるだろうに、ブライアスは子供みたいにアンジュを喜ばせもした。

「伯父だろうと女性だろうと、子供みたいに嫉妬していましたからね」

開いた入り口に立った護衛騎士のセジオが、ぼそりと補足してくる。

ブライアスがアンジュをレディとして構い倒したいだとか、たくさんしたいことがあるだとか知らなかった。

セスティオとキャサリーゼが『ツンだ』と言っていたが、頷ける気がする。

（それがデレだとキャサリーゼ様は言っていたわね……）

とにもかくにも、アンジュにとってもブライアスにとっても、世界で一番幸せな恋愛結婚となった。

幸せすぎて、この先どきどきに慣れることがあるのか少しだけ心配だけれど。

「さあ、行こうか」

「あ、もう時間でしたの？」

アンジュは慌てて立ち上がる。セジオのもとまで下がったレナが、何か言いたそうな表情を浮かべたのが気になった。

しかし、そちらから視線を外させるみたいにブライアスが手を取った。

「ああ、今日のアンジュはまた一段と美しいな。やはりキャラメル色の髪が見えているほうがいい」

ブライアスがヴェールから流れているアンジュの髪に指を滑らせる。

通常だとすべて結い上げるものなのだが、彼があまりにも褒めるので、ハーフアップにとどめることになったのだ。

「……ただの、ありきたりの茶色ですわ」

「いいや、俺にとって美味しそうなキャラメル色だよ」

彼が、髪に恭しく口付ける。毎日ブライアスがそう褒めるものだから、彼が手にしているとアンジュの目にも『ありきたりな茶色』に見えないのも困る。

「何も心配はいらない。国民達は君を歓迎している」

「はい……ありがとうございます。おかげで少し緊張が和らぎました」

アンジュは、夫が頼もしく感動の涙が早々に出そうになってしまった。

ブライアスにエスコートされ、セジオとレナを引き連れて予定していた二階の特別なバルコニーを目指した。

そこは、国王一家が民衆へ顔を見せる場だ。

「あら、セスティオ様？」

何やら向こうから走ってくる影が見えたと思ったら、それはブライアスの弟である第二王子のセスティオだ。

「キャサリーゼ様とご一緒にいらっしゃるはずでは？」

「兄上、まさかと思いますがあなたっ――ふが」

　すると、言ったそばから現れたのはキャサリーゼだ。彼女は先にバルコニーのほうにいたらしい。素早く出てくると彼の口を塞いだ。

「わくわくしますわね。さ、どうぞブライアス様、存分に宣言くださいませ」

「宣言？」

　ブライアスが満足そうにアンジュを連れて、広々としたバルコニーへと出た。

「まだ陛下達はいらしていないのですね」

　入り口側には控え席があったのだが、国王と王妃もまだいなかった。打ち合わせと違っている。

　するとブライアスが、あろうことかそのままバルコニーの先まで進んでしまった。

　いったい何をと驚いたアンジュの声は、下を埋め尽くした民衆の歓声で消える。

「王太子殿下だ！」

「サプライズか⁉　最高です！」

「王太子殿下万歳！　新王太子妃万歳！」

「おめでとうございます！」

わっと王宮中を轟《とどろ》かせるような大歓声と祝福のコールが響く。

その迫力にアンジュは目までちかちかした。サプライズとすると、やはり出る順番を間違えているのだ。まだ式典は開催されていない。

「あ、あの、ブライアス様――きゃっ」

唐突にブライアスに横抱きにされた。

民衆達がさらに口笛まで吹いてきて、アンジュはみるみるうちに赤面していく。

「皆、俺の妻は可愛いだろう」

「はい！」

「そして愛らしい」

「まさにその通りでございます！」

まるで先に決まっていた台詞を述べるみたいに、全員の揃った声が返ってくる。

下を見てみれば、集まった民衆達の前で騎士と共に『あ、そーれ』という感じで側近達が言葉を煽っているではないか。

(あ、これって)

――夫からの、挙式前の妻を褒めちぎっての前演説。

アンジュはキャサリーゼの愛読本を思い出した。ブライアスはその発想を受け、実行しているのだ。

「こ、これ、大丈夫なのですか？」

「嬉しくないか？　『今日くらい一つ、好きなことをさせていただけますか？』とは先に申告してある」

「嬉しいですけれど、でもっ――」

「なら、よかった」

にっこりと笑ったブライアスの顔が近付く。

「驚いて、嬉しがって、真っ赤になってる君も可愛いな」

あろうことか大観衆の前で唇を重ねられた。

バルコニーの向こうから大歓声が上がる。挙式の誓いのキスを見られたと民衆達は大盛り上がりだが、舌まで入れられてアンジュはそれどころではない。

「皆の者！　これまで心配をかけたな」

唇を離したブライアスが、民衆達へ言った。

「無事にアンジュと結婚した。これからは全身全霊で私は、アンジュに愛していると伝えていくつもりだ。幸せな家庭を築くことをここに宣言する。そうして皆にとってよき王になれるよう、彼女の隣では今後ますます努力を惜しまない――どうか私達夫婦を応援していてくれ」

宰相達だけでなく警備兵達も含め盛大な拍手が上がる。

（ありがとう、キャサリーゼ様）

国王達には申し訳ないが、あとでブライアスと謝ろうとアンジュは思った。

下ろしてくれたブライアスの隣から、アンジュも彼と共に幸せな微笑みを浮かべ、人々に手を振り返した。

挙式の日は、なんとも嬉しい始まりになった。

もう一度キスを、とコールが起こった時には迷いがなかった。

アンジュはブライアスと見つめ合う。駆け付けた国王と王妃が、笑みを浮かべて一緒に拍手を送るのも気付かなかった。

「私と結婚してくれて、ありがとうございます」

「それは俺の台詞だ。愛してる、アンジュ」

二人が手を取り合い、触れるだけのキスをそっとする。

その途端、王宮中に届く大歓声と拍手と祝いの口笛が響き渡った。

挙式、それからパーティーや晩餐会と今日は大忙しだ。夜には、初夜もある。

（ブライアス様は朝までするとおっしゃっていたけれど、どうなるのかしら？）

今日は朝から夜まで、楽しさと幸せがたっぷりの特別な一日になる。

アンジュは、自分の胸に溢れた嬉しさと喜びにそう予感した。

了

あとがき

百門一新《ももかどいっしん》です。このたびは多くの作品の中から、本作をお手に取っていただきまして誠にありがとうございます！

ヴァニラ文庫様から、今回は「媚薬」をテーマにした新作を皆様にお届けすることとなりました！

私の中でもブームが続いているキーワードでしたので、ヴァニラ文庫様で媚薬ものを書けてとても嬉しく思いました。

今回の二人はとっても可愛く、他の登場人物も愛おしくて、みんな大好きだなぁと思える大切な一作となりました。

執筆も本当にとても楽しくて、アンジュの可愛さも含め、ブライアスとのラブや、登場するみんなのこと。そして彼らしいハッピーエンドを、皆様にお楽しみいただけましたらとっても嬉しく思います！

このたびイラストをご担当いただきました三夏《みか》先生！　素晴らしいカラーイラストと挿絵を本当にありがとうございました！

どの挿絵も本当に素晴らしく描いてくださっていて、拝見した際に構図も「神！」と、もうもう大興奮でした。可愛いところ、かっこいいところ、大切にしていたシーンや、とくに熱を込めて書いたシーンも細やかな線まで美しく描いて仕上げてくださり、先生とご一緒できて光栄でございました。

担当編集者様とプロットでもかなり盛り上がった「王太子の右ストレート」も素晴らしいです！　本当にありがとうございました！


そしてこのたびも担当編集者様には、本当にお世話になりました！

「ヒーロー、剣じゃなくて、右ストレートさせていいですか?」

王道ものにこれって大丈夫かしらと、どきどき緊張していたところ「やりましょう！ぜひ！」とのお言葉、とっても嬉しかったのを覚えています！　ありがとうございました！

編集部の皆様、デザイナー様、たずさわってくださった皆様、そしてこの本をお手に取って楽しんでくださった皆様にも心から感謝申し上げます！

百門　一新

「好きじゃない」が口癖の超ツンデレ王太子に激甘溺愛されました
～本心がわかる薬と思ったら媚薬だなんて!!～

Vanilla文庫

2025年2月20日　第1刷発行　定価はカバーに表示してあります

著　者　百門一新　©ISSHIN MOMOKADO 2025
装　画　三夏
発行人　鈴木幸辰
発行所　株式会社ハーパーコリンズ・ジャパン
東京都千代田区大手町1-5-1
電話　04-2951-2000（営業）
0570-008091（読者サービス係）
印刷・製本　中央精版印刷株式会社

Printed in Japan ©K.K. HarperCollins Japan 2025 ISBN978-4-596-72513-4